拔标

于有为——著

山西出版传媒集团 北岳文艺出版社
·太原·

图书在版编目(CIP)数据

投标 / 于有为著 . —太原 : 北岳文艺出版社 , 2022.11

ISBN 978-7-5378-6653-8

Ⅰ . ①投… Ⅱ . ①于… Ⅲ . ①长篇小说—中国—当代 Ⅳ . ① I247.5

中国版本图书馆 CIP 数据核字 (2022) 第 245981 号

投标

于有为 / 著

//

出品人
郭文礼

选题策划
金国安

责任编辑
张丽

书籍设计
张永文

印装监制
郭勇

出版发行：山西出版传媒集团 · 北岳文艺出版社
地址：山西省太原市并州南路 57 号　邮编：030012
电话：0351-5628696（发行部）　0351-5628688（总编室）
传真：0351-5628680
经销商 ：新华书店
印刷装订：山西人民印刷有限责任公司

开本：787mm × 1092mm　1/32
字数：235 千字
印张：11.875
版次：2022 年 11 月 第 1 版
印次：2022 年 12 月 山西第 1 次印刷
书号：ISBN 978-7-5378-6653-8
定价：58.00 元

投标，其实是在造梦

落标，并不意味着梦的结束

中标，也不见得是梦的开始——梦在幻延，白日为证

序

承蒙行业中极受尊重的老同志于有为的邀请，为他的处女作小说《投标》写序。我看到老于极大的诚意，也深深感受他对作品的极大重视和关注，我也认真地、一字一句地拜读了整篇小说，谈三点感受。

首先，在包工头和农民工为主要社会形象的装饰行业，能有一位资深的行业从业者基于自身的从业经历，创作出一部有血有肉的文学作品，是行业的一件大事。装饰行业有两大突出特征：一是有巨大的市场空间，不但有巨大的增量市场，而且有巨大的存量市场，所以是承载就业最好的行业，包工头和农民工的社会形象也由此产生。二是装饰行业是创意产业，装饰行业的设计师、建造师也是艺术家、文学家，是美好生活的创造者。老于的这部文学作品就是装饰行业第二个特征的突出表现。其实我们行业有很多人在文学、书法、雕塑、绘画等领域有很深的造诣，只不过他们的创作灵感和才能大都体现、汇聚到工程项目上了。希望老于的这一文学作品能像药引子一样，激发行业各“大家”的创作热情，把装饰行业“创意”的一面用文学作品、艺术作品的方式呈现给读者。

其次，我通读了整篇小说之后，感觉结构严谨，逻辑清晰，情节丰富，章节之间衔接紧密，悬念迭生，令人手不释卷，一读到底。小说以“投标”这一装饰企业运营的核心环节为提领，以装饰企业经营和管理为经纬，以各种人物性格为点缀，呈现给大家一个比较完整的、生动的行业画面。整篇小说聚焦于投标、开标、流标的24小时之内，节奏紧凑，矛盾突出，人物鲜活，可读性强。

第三，作者用叙事的方式阐明了自己在行业管理、企业管理、项目管理方面的诸多理念，对行业发展中的现象和问题进行了褒贬。其中有许多观点我是十分赞同的，比如：“设计是装饰的灵魂”“进度和质量发生冲突时，一定要把质量放在首位”“装饰行业要向制造业学习成本管理”“管理团队的打造，既要有足智多谋的统帅，更要有骁勇善战的士兵”“施工组织设计的三大亮点：设计引领、样板先行、把控垂直运输”“装饰施工不是总包胜似总包”等。文中对装饰行业垫资施工的现象和原因分析得细致准确，并找到了症结根源。还有些观点是极富个人色彩的，比如：“干活不随东，累死也无功”“男人就两条：见异思迁和喜新厌旧”，又比如：对“平台”企业的看法，对“连锁经营”的看法，对“商业文明”的看法等，也可以引发共鸣和更多对行业的思考。

中国装饰行业从诞生到发展，至今已走过四十年的历程。四十年来，我们完成了无数个精品工程，树起了一座座装饰丰碑，但是在行业文化沉淀上几近空白。于有为同志的这部小说为行业的文化积淀开了先河。我希望装饰行业的每位从业者都能拜读，或从中获益，或引发思考，或激发更多的创作热情。

一个有文化的行业才是有希望的行业。

高刚

2022年6月10日

（高刚：深圳市装饰行业协会会长，首都师范大学客座教授）

引　子

门旁墙面上，电子挂钟的指针正正地指在下午三点整。再有三个小时就要截止报送投标书了。

总裁椅的靠背成四十五度角向后倾斜着，靠背顶端露着已经微秃了的小半个头顶，亮晶晶的脑门子反射着吸顶灯照下来的柔光。但见穿着袜子的两只脚伸到了写字台的那边，斜踩着垫脚凳，一只修长但很健壮的手搭在总裁椅扶手上，几只手指由着椅子的晃动在扶手上随意点击着。

无节奏地自由点击，让人觉得这只手慵懒得稍稍有些疲惫。或许不只是疲惫吧，感觉像是失控的抖动。会不会是早发的帕金森静止性震颤？呵呵，没这么严重吧，只是抖得有些异样，抖得更有些紧张。

圣格美装饰集团总裁办公室。

窗外，临街独院里绿荫婆娑，清风拂弄枝头新叶的影子在窗上跃动，令人不胜惬意。

万汴吃过午餐后，就一直以这个姿势半躺在总裁椅上，足足有两个小时了。

他其实没有一丁点儿困意，他从来不午休。他的两眼虽然一直眯成细细的一条缝，但眼光却直直地盯着电脑屏幕。这是他多年养成的工作习惯，每当重大项目的投标工作到了最后冲刺阶段，他总要把自己关在办公室里，死盯着电脑，亲自把全部投标文件从头到尾仔仔细细地审查几遍。

“商场如战场！”他总爱用这句话警示公司的高管和他的助手们。“我们决不打无准备之仗！”“不战则已，战则必胜！”他这两句话，成了公司管理团队的行为准则。别说高管团队，就是公司的老员工，都知道他们的汴老板中学毕业后，在部队历练过五年。他自己也常在公司各种会议上说：“我们装饰公司，是最最传统的技术服务型企业，什么叫传统？传统就是持久的严格训练！没有像军人那样过硬的作战本领，没有像军人那样强烈的团队意识和素养，没有像战前准备那样的万无一失，我们怎么做得出极致精品？我们怎么征服客户的心？怎么雄立于市场！啊？同事们，同志们！你们说，我们又怎么能梦想在装饰行业独占鳌头！”

连他自己也觉得，公司在管理上带足了准军事化色彩。

“没办法，谁让我在青春萌动期，身上就注入了军人的血液呢！”他常常苦笑着，对个别在持续的工作压力面前有点儿吃不消的高管和部门经理，用这句半不讲理又略带霸气的话，阻消他们刚刚萌发就被察觉到的畏缩情绪。

总裁椅斜仰着的靠背晃晃悠悠直立起来。万泮伸了伸两臂，忽地从椅子上站起身来，刚还懒散地拖在桌下的两条长腿，瞬间把整个身子直挺挺地撑了起来。一米八的大个头往那儿一立，像是带起了一股向上的冲力，扬起的胳膊如一道弧线画在空中，手掌往办公台桌面上一拍——啪！似乎是要拍走心中的焦虑。

桌子微微一震，几滴茶水从大号玻璃茶杯里飞溅出来落在台面。万泮端起玻璃茶杯，带有几分滞涩的眼神凝视着杯中漂浮着的茶叶，足足几秒钟。他轻轻呷了一口，嗯，还是这绿茶香啊，爽口，舒心。

来鹏湾这个南国滨海城市快有三十年了，他还改变不了爱喝绿茶的习惯。像嫩竹一样青绿色的茶水，幽香利口，含进嘴里在上下牙缝间来回吮吸几遍，他就觉得神清气爽。他捧着玻璃茶杯，感觉茶水已经有些凉，玻璃杯体的凉意穿进他的手心，让他的脑门子一个激灵，像被凉水冲过似的很觉着醒神儿。这让他一天来的焦虑心情似乎也有点儿放松。

是的，每当重大项目投标之前，万汴都会像当年匍匐在阵地上静待连长下达冲锋令时一样，紧张、焦虑、心慌甚至有些胆怯。潜意识里，他总觉得自己的筹划还有疏漏之处，总担心竞争对手比自己考虑得更为周密。“不能败！我们没资格失败！”他真的认为，投标，就是一次冲锋！

万汴的两只手一会儿叉在腰间，一会儿背在身后。手背上凸起的青筋略显几分沧桑，却让人窥见了他该出手时敢出手的勇气和魄力。他在办公室里来回走了几步，在朝西面的落地窗前停了下来。仲春的下午，暖阳已快落到了接近视平线的高度，开始把天空渲染上一层淡淡的橘色。淡橘色的暖光洒满办公室，空气中弥漫着懒洋洋的味道。这和战前的硝烟弥漫完全不搭调呀！他那两道浓黑的剑眉紧蹙到了一起。

“不行！” 这两个字像是他从牙缝里憋出来的。

仔细看了整整大半个下午标书，万泮对他的职能团队真有些恨铁不成钢的愤懑！怎么搞的！培训多少回了，怎么标书制作的还是走不出格式化标准版本的老套路？

这次投标的项目可非同一般呀，这是鹏湾建市以来顶级的五星级国际大酒店的精装修工程呀！项目特点、重点、难点、疑点呢？标书里对这些缺乏精准描述，那怎么能有对应的解决方案呢？这部分可是标书里最具实质性意义的内容呀！这都说不清楚，还怎么展示出我们圣格美装饰集团的与众不同呢！

还有，工程总造价和利润点是怎么确定的？有竞争优势吗？影响招投标的外围因素考虑得充分周到不？那些只能看透不便说透的潜规则，都有没有妥当的处置措施呢？

他下意识朝门旁墙上瞄了一瞄，眼看着没多少时间了，还有这么一大串问号没有消除。

万泮一个急转身走回办公台前，用力摁下了座机上投标部经理廖绅的呼叫按钮。

目录

01

·

正是下午茶的慵懒时光

01-01

笃、笃、笃，听到熟悉的叩门声，万汼有些奇怪，他抬头望向被推开的门："咦，是你？"

若谷没进来，探着半个身子尽量扬着脸："老板，廖绅没在他办公室。"

"噢，难怪呼叫他没回应。"望着跟随自己多年的得力助理，万汼说："这个节骨眼儿他去哪儿啦？"

"他能去哪儿呢？"倚门站着的若谷，一身粉蓝色工装，束腰浅领，白衬衫和垂坠顺滑的齐肩乌发衬托着清秀的面庞，柔美而干练。温馨的女中音是轻轻滑出来的："应该是和汤副总一起吧，一定是在赖总工那儿呢。我去叫他？”

“噢，那不了，不了。”万泮迟疑了一下，站起身来，“干脆我过去吧，我就是要找他们几个的。”

“那干脆现在就去小会议室吧。”若谷说，“投影都准备好了，我本来想着还得等他们一会儿呢。”若谷进来一步，把总裁办公室的双扇门打开。

“也好，那你就去叫他们吧。”说着，万泮拿起桌上的茶杯，拎起自己的笔记本朝外边走去。

“我来我来。”若谷往前迎了两步，接过万泮手里的茶杯，“老板，还有您的眼镜。”若谷提醒着。

“噢”，万泮又转回身从台面上拿起老花镜，顺口念叨着：“越忙越不能丢三落四，特别不能缺项呀！”

“您哪儿会呢，您精力这么充沛！”若谷边说边笑着，脸上现出浅浅的笑靥，歪过头瞄了她老板一眼。

在她心目中，自己的老板从来都是精气神十足，从来都是斗志昂扬的状态。刚入职的时候，她还觉得挺委屈自己，只是为了追随心爱的如意郎君，即便所学非所用也在所不惜，才来了这里。没料到很快做了总裁助理，像是迎面多开了一扇门，忽然发现，自己是职场的幸运儿。

“呵呵，我是说缺项！”万泮倾下头对着若谷说，“编制商务标最害怕的就是缺项！”

已经走出自己办公室了，站在走廊上的万泮不经意地望了望敞开办公区，感觉公司里今天有点空荡荡的——人都忙啥去了？万泮没有细想，扬扬手指着走廊转过弯的那边，对若谷说：“你去叫他们吧，我先过去。”

“按说，”万泮又甩出一句，“我也是过虑了，汤副总和赖总工都是行业大专家，哪用得着我操闲心呀！”

“那说的，每次投标您最后再把把关，汤副总、赖总工心里都踏实呀。大家都觉着有底气！”若谷说着话，人已经消失在走廊那边了。

万泮知道，若谷说的也是真心话。自己的助理自己心里最有数，若谷谦虚稳重，好学善思，看着她一天天在进步。若谷从来不会恭维，更不会拍马屁，工作就是工作，她一贯认认真真，踏踏实实，这是万泮最信任她的理由。

万泮很少表扬手下。他认为，对普通员工要尽量关爱和激励，还要多加具体指导。但对他的部下特别是对公司高管，反而要铁面无私，要严厉。

他从青年时代起就深信：年轻人特别是刚刚进入职场不久的年轻人，犹如一棵棵幼苗，对他们多一些关爱和呵护，更有益于他们成长。可是，对各级干部特别是高管而言，奉公和严厉，是承担责任的硬核条件。干得好，有成绩，那是应该负有的责任。干不好，出差错，那就要严格反省，深刻纠错。除此有什么好说的！经不起这两条的约束和历练，就任其在滚滚洪流中自然淘汰吧。

他觉得，这是他的人生法则。

但是，他却曾经在公司中层干部会上毫不避讳地公开表扬过若谷，他说咱们大家都要向若谷学习，学习她的“三心二意”。说得很诚恳。

啊？众人一片哗然！

“学啥，汴总您说学啥？”

公司员工习惯于称呼万汴为汴总，这主要是他的个人气质和他的单名“汴”字的天然吻合，当然也更是他行事风格的表现，所以就这样叫开了。

“汴总您说清楚呀——您再说一遍嘛，哈哈哈。”

万汴当然知道大家会误解他所说的“三心二意”，他故作矜持地停了片刻，接着面带少有的黠笑，脸色一转，很认真地说道：“大家听好了，什么叫三心。”

他又顿了一下，紧盯着大家说：

“这三心呀，就是细心，操心，耐心。”

会议室静了下来，他们大多数人都知道，他们的汴总，啥事都和别人琢磨得不太一样。

“那——”有人低声喃喃：“那二意呢？”

“别急，你看你，你就是着急，缺乏这三心里的耐心了吧。”

万汴用呵护的口吻调侃了一下那位员工，盯着他看了一两秒。看着他脸颊上的两片红晕散去后，又扫视了一下会议台周边满坐着的管理团队的各个成员。他的这种扫视，自带一种不怒自威的威慑力，会议室里静得都能听到彼此的呼吸声。

“请大家先把这‘三心’记住了，记牢了。我们这种传统行业，谁也不比谁牛逼在哪里，靠的就是认真，比的就是仔细。说大了点，那是在比什么？你们说——”

看着所有人目光都在注视着自己，万汴提高嗓门：“说大了点，比的就是工匠精神！工匠精神没有啥深奥的，就是仔细认真，加上刻苦勤奋！”

他一只手叉在腰间，另一只手攥成拳头朝上举了举。他知道他这个动作，让大家对他说的话有了更深的印象，可他还觉着不够力度，于是又补充说：“大家听出来没有？这三心有一个很大的共同点，知道吗？那就是‘专注’！”

他把攥着的拳头松开来，在空中挥了挥：“这个时代很精彩，这个时代充满诱惑。有些人不停地在捕捉机会，转换方向，可到头来荒度光阴，一事无成。另有些人专注执着，不为所惑，一条道走向了自己的成功。大家说，我们作为工匠，该做怎样的选择？”

一番话，牵引着大家都陷入了沉思……

他稍微停顿了一下：“这二意嘛，就是在工作中首先要有创意，同时呢，对同事要充满着情意。”

看着一张张表情严肃的脸，万泮说得有点儿动情：

“我们民企不容易呀，又是在传统行业，就更不容易了！但是——”万泮的眼眶本来是有点棱角的，这会儿却睁得很圆，两眼炯炯有神，像穿透迷雾的航灯一样频频闪烁：“我要强调的是，只要大家在工作中肯动脑筋，充满热情，又有一份团结协作的积极心态和主动的进取意识，我们就会形成坚强的凝聚力，我们就会具备超强的战斗力！有了这样的凝聚力和战斗力，就一定会支撑我们走向成功！”

01-02

“汴总。”

廖绅急匆匆跑进小会议室，“不好意思汴总，下午一直在赖总工办公室呢，我们基本把技术标（建筑术语，指建筑装饰项目投标文件中包含的全部施工组织设计，用以评价投标人的技术实力和建设经验）调整完了，意见也都统一了，就剩商务标（指建筑装饰项目投标文件中有关商务的应对招标文件，通常包括投标函、工程量清单计价表、报价说明、报价表等等）想请您最后再把把关。”

“是的。”紧跟着进来的汤副总也说，“我们和赖总工对照招标图纸做了仔细的核查，我们技术标里面的各种技术措施和管理方案，针对性都很强，对施工过程中的特点、重点、难点、疑点，也都做了翔实的描述。”

赖总工马上补充了一句：“特别是那些套话、空话、车轱辘话，都给它删了。”

“快先坐下，快先坐下，辛苦了。”万泮一边让这几位靠近自己坐下，一边将坐得笔直的身子，向前探了探，朝着几位说：“各位都知道，这次这个五星级酒店，是咱鹏湾市的新地标、新窗口呀，受到了全国高度关注，装饰行业的大牌公司都来参加投标了。有人已经放了风，这次竞争将是空前的，甚至是白热化的。”

“赖总工，你先说说吧。”他呷一口茶，示意了一下投影机旁的若谷：“开始吧。”

“好的。”

若谷把投标文件投到了幕布上，她翻到《技术标》部分，把一支激光笔递给了坐在一侧的赖总工。

“咳、咳，泮总”，赖总工习惯性地先咳嗽了两声，抬起左手扶了扶黑色眼镜框，又把垂在额前的一缕灰白浓发往后撩了撩，露出阔展的前额。然后才一字一顿用简练的语句，把最重要的问题一气呵成叙说清楚。

多年来，他深知万泮的习性，无论叙述何事，都要求简练扼要，直击重点。

“是这样的，这座五星级酒店的设计风格极其时尚前卫，是我们以往没有遇到过的，各立面和天花造型独有特色，花样繁多，所用材料非常新颖，这就对我们的加工生产，技术要求和加工周期有更高的要求。”

“嗯。” 万泮点点头，表示认可。他的坐姿又恢复到了笔直的样子。

“您听我说。” 赖总工不想让万泮打断他的话，加快语速继续说道，“其中的首要问题就是，大部分材料需要从国外进口，会给我们的询价造成很大阻碍。这使得我们询价周期很长，价格也未必精准，特别是很难询到最低或者最合理的材料价格。”

“那现在的材料价格怎么来的？我们的商务标是依据什么价格数据编制的？”万泮身体往后一靠，面色有些严肃。

“是这样的泮总，这些天我们一直在和冉先生沟通着呢，通过他在香港的资源协助支持我们。” 汤副总在一旁插话道。他通常说话不带表情，眼睛躲在镜片后面不看对方，只是集中注意力仔细倾听，所以常在恰当的时机，不偏不倚地客观陈述事实，一语中的。

“噢？冉生倒是没和我提起此事。” 万汼若有所思地抬头望了望天花板，被吸顶灯晃了下眼，赶紧揉了揉。他没有正面回应汤副总的插话，对着赖总工扬扬下巴：“继续说。”

“咳……”

没等赖总工开口，旁边的廖绅又插了一嘴：“汼总，我认为赖总工说得是有道理的。”

“嗯，啥意思？” 听廖绅突然插进话来，万汼似乎犹豫了一下，该不该让廖绅继续说下去。

“我，我是说……”廖绅欲言又止，眼睛环顾了一下会议室里的几个人，其实他知道眼前除了三位公司领导，就是自己的老婆——也就是老板助理：若谷。但他还是下意识地压低了嗓音：

“汼总，我是说，冉先生是从香港给我们提供的询价，对此我是有点担心，有可能不会是最低价，或者像赖总工说的，这个询价不会是我们期望的合理价格。”

“嗯，这话怎么讲？” 万汼睁大了眼睛看着廖绅，又看了看汤副总和赖总工。

赖总工右手捏着的激光笔定在了幕布上，目光定格在眼前的桌面上，天庭上的那缕灰白浓发又垂在了前额。

汤副总的表情完全是征询大家意见的样子，一副银色宽框的近视镜后面，闪着浅棕色微眯的双眼，他看一眼廖绅，又看一眼万泮……

“噢，是这样，”很快，万泮换了一种比他平时开会讲话明显柔和了许多的语气，说，“冉生是公司二股东，是大家的二老板，明白吧？”

“明白，明白……”几位异口同声地说。

“明白就好。”说完又看着廖绅，颇有意味地补了一句：“你年纪轻轻的，集中才华干好自己的本职工作，别让领导们觉得你那么的少年老成。” 说完又冲着汤副总和赖总工：“这都啥时候了，还操这份心。”

听万泮这么一说，几位面面相觑，不知所措。

特别是廖绅，好不容易鼓起勇气想说的话，又被憋了回去，脸都憋得有些红，不自觉地扭头看了一眼老婆。

若谷感觉到了廖绅瞟来的眼光，表情看似若无其事，但她的两腮还是掠过了一丝不易察觉的抖动。

01-03

会议室墙上的挂钟“当”的一声，几位一起抬头看去：

哇，都四点啦!

还有两个小时，下午六点就是截标时间（截标时间：指招标文件中规定的递交投标文件的最晚截止时间。在此截止时间之后提交的投标文件招标人不再接收）。留给圣格美装饰集团编制标书的时间，最多也就一个来小时了。

还是汤副总老道，打破了这片刻的沉默尴尬，对着赖总工说：“时间不多，你快接着往下说吧。”

“是的是的。” 赖总工赶忙接上汤副总的话茬儿，赶紧用激光笔指向投影屏幕，继续他的话题。

“汴总，前面讲的只是其一。”

“那其二呢？讲快点吧。”万汴又指指墙上的挂钟，示意道。

“其二，” 赖总工果然省略了他一贯的开口必“咳咳”的口头禅，加快了语速：

“这其二，就是大部分立面和天花的造型奇特，使得半成品加工的周期拉长，从而给我们按期竣工造成很大压力！”

这可的确是个现实问题呀。赖总工说得没错，花样一多，必然费工费时，万汴十分清楚。

“这个问题对所有投标单位来说，都是一样存在的，对不？”万汴对着几位说道。汤副总和赖总工同时答道：“是的是的。”

“所以，我们必须采取不同于别人的手段和办法。”

汤副总抢在赖总工前面，对着万汴说：“我们已经想好了办法，汴总。”

“噢？是吗？”万汴的眼光从投影幕布移到了汤副总脸上。

“是的，我们打算采取的措施就是，提前和设计公司接洽，邀请主创设计师担任我们的技术顾问，在半成品加工生产过程中，给予我们和我们的生产厂家全过程技术指导，确保我们的加工工艺和生产环节不出差错，一步到位。”

“只有这样，我们才能缩短周期，保证如期竣工。” 赖总工对着万汼说，“汼总，您也知道，总工期从四月一日开工，明年一月十五日竣工，总共才二百八十来天，这对一个五星级酒店的精装修工程来讲，汼总——”

赖总工的嗓音由于情绪不稳有些微颤：“我们这几年做过不少五星级酒店了，您知道这次这个工期意味着什么！”

汤副总提醒说：“这期间可还有两个小长假呀！”

是啊，“五一”“国庆”，谁也无权不让辛苦劳作的工人师傅们休假呀!

“好了，这个其二问题，情况了然，措施得当。” 万汼直起身来，两手拉了拉靛蓝色夹克的前襟，问：“那我们现在这个构想落实了吗？谁在跟设计公司联系，和主创设计师沟通了没有？”

“是廖经理在负责这事。”汤副总指指廖绅，“你具体向汼总汇报一下吧。”

汤副总说得直截了当，不像是有其他什么想法的样子。

“好。是这样的汼总，我昨天下午刚刚见到了设计公司老板，是北京来的，名叫拓箜，业内称他为拓箜君。”

廖绅见万汼在静静地听他讲，继续说道：“我恰好去招标单位参加答疑，听会上介绍说他是这个项目的设计公司老板，所以留了个心眼儿，找个机会赶紧和他联络上了。”

“嘿嘿，您别说汼总，”汤副总接着廖绅的话说，“开始我也纳闷儿，人家北京来的那么大牌的设计公司，怎么咱一个廖绅就把人家搞定了，奇怪呀？哈哈哈。”

汤副总的话，说着像是一句疑问句，实际上是拐着弯儿表扬了一番廖绅。这就是他的风格。

“是啊，汤副总说得对呀。”万汼的浓眉一抽，扭过脸来正视着廖绅。

廖绅脸上又重现了平常的自信神态，扭捏了一下，对着万汼笑了笑：“我瞅机会过去给他递了张名片，不承想这位拓箜君接过我的名片一看，啊，你是圣格美装饰集团的呀，久闻大名，久闻大名。”

就这么着，廖绅瞬间就和这位设计公司老总谈好了双方的合作意向。“我也代表您，向拓箜君发出了正式邀请，请他趁着在这儿开会的时机，到我们集团考察指导。”

“哎，你这点聪明劲儿呀，就该这么个发挥！”

听到汫总夸奖，不只是廖绅挺开心，汤副总和赖总工也觉得紧张的会议氛围明显轻松了许多。

正当廖绅想趁着这个轻松氛围，接着向万汫汇报，说他已经不算很含蓄地跟拓筌君谈到了会给他合理的经济回报，也就是说双方合作中的经济利益怎样合理分配的问题。话还没出口，万汫的手机铃响了——

万汫在开会的时候从来不接听电话。

这是他多年的习惯，到后来这也成了公司的会议制度，开会期间任何人不准接听手机。

可这会儿，他站了起来，眼光有些迟疑，拿着手机朝会议室门外走去。

01-04

万泮刚刚走出会议室，会议室桌上的一部手机也“嗡嗡”地振动了起来。

“廖绅，是你的。” 汤副总推推正在翻看笔记本的廖绅。

廖绅抓起一看，脱口而出地叫道“啊！”

他那双不大的眼睛一下子睁得老圆，“嘘……”他用右手直立的食指压住噘起的嘴巴，有一点神秘地说：“汤副总，赖总工，是那位拓筌君的来电。” 汤副总和赖总工对视一下，感觉被这突兀的来电弄得也有点不知所措。

“接，还是不接？”廖绅捏着手机，略显紧张地交替看着两位领导。

“接呀，这小廖。”

汤副总马上露出些不屑的神情，但很快又显得十分坦然，毕竟是老领导，特别是老板汴总不在场的时候，拍板定案绝对是汤副总当仁不让的事。

振铃已经响了三四下，再不接可就显得不礼貌了。廖绅摁下了接听键：“喂？您——”

“嗨，”对方也不客套，操一口略带京腔的普通话：“请问是圣格美装饰集团吧？”

“是啊，是啊。您——”

没等廖绅说句整话，对方又递过话来了：“你是小廖吧？我是北京的拓筌君，哈哈。”

“啊啊，是您啊拓筌总。”廖绅已经离开椅子站了起来，一边和手机里的拓筌君对话，一边礼节性地隔空点着头，哈着腰，表现出十分的恳切，也不管对方看得到看不到。

“啧，瞧你这副模样——”

汤副总拍拍廖绅的肩头：“站直了说，小伙子。”

廖绅朝汤副总挤个眼，又把直立的右手食指压了压噘起的嘴巴，示意汤副总小声点，然后转了个身背着汤副总。只听他冲着电话，像是在工地上喊话的音调儿一样，拔了个高："在，在……好呀，好呀……欢迎，非常欢迎。"

不过是短短不到一分钟的通话，廖绅掐了电话，好像完成了一件旷世工程。他直起腰，扬起脖子慢慢嘘出口气，睁开微微闭着的眼睛，笑眯眯地享受着刚才的欢欣……

他正想抬手抹一把额头上微微沁出来的汗珠，突然，刚睁开眼时朦胧感觉到的模糊影像一下子清晰起来——

"泮总！"他不由得喊了一声。

是泮总，万泮就贴着他的脸，站在他面前。

廖绅有点恍惚，于是再次定睛一看，啊哈，真的是万泮。万泮在走廊上通完电话，反身回来就赶上了刚才这一幕。

"啥事呀？大惊小怪的，值吗？"

万泮瞪着眼迈着他的方正步走回到座椅上，边往下坐，边冲着廖绅给了个脸色："什么事？一惊一乍的，像你吗！"

说着又皱起眼看看汤副总和赖总工，他俩都不知该怎么说才好。旁边一直不吭声的若谷，也为廖绅刚才不够成熟的举止，弄得脸上有点儿发热。

廖绅顾不得万汼在这个档口的感受，毕竟是自己的工作成效嘛。“汼总您听我说，听我说……” 他望着万汼有些发沉的脸色，竭力乐呵呵地说，“是这样，是刚才说到的那位拓箜君，是他刚来的电话。”

嗯？这倒也出乎万汼的意料。

“他说他明天下午就要返回北京，这次来一趟不容易，就想今晚来咱们公司拜访。”廖绅顿一顿，加强了口气道，“当然，他说了主要是想拜访您。”

“这么说你都已经确定了？” 万汼看着廖绅。

“嗨嗨，哪里哪里，这不是向您请示嘛，还得请您来定夺。”

廖绅的这话还是有底气的。跟随汼总有十多年了，什么时候必须上报汼总，什么时候敢替汼总定夺，这个方面他心里还是能够拿捏住分寸的。

“几点？”万汼又看看墙上的挂钟，汤副总和赖总工像受到心电感应似的，不由得也往挂钟那儿扭了扭头。

“今晚七点。” 廖绅肯定地答道。

噢，那不正是饭点儿吗？万汼无意识地不知是在摇头还是在点头，好吧，来都来了，上门都是客。

万泮想着，立马对若谷说：“让食堂给小间备六七个人的菜，常规。”转头又说：“赖总工，你辛苦好几天了，今晚的接待，我看是礼节性多，商务性有，技术性弱，就放了你的假吧。”

“汤副总，廖绅，你俩随我陪客人。”

“好的，好的。”几位同时答着。

“好，好，好什么好！”万泮有点光火，“那还等着干什么？再磨蹭就耽误今天的大事了。”

今天的标书审查会被冲了一下，万泮显得有点急躁。

“好的，好的，还有最后一个问题，其三——”赖总工深解其意，马上拿激光笔指向幕布：“是的，其三，就是垂直运输问题。”

噢，垂直运输在高层建筑上特别是在超高层星级酒店装修中，肯定是个问题。但如果只是这个问题，万泮说：“这个问题我们现在就不要再讨论了吧。我们今天的技术标里不是描述得已经很清晰了吗？”见没人回应，万泮又说：“还有什么需要画蛇添足的？”

其实他脑子里同时还冒出一个比较近意的成语：“狗尾续貂。”

说实在的，万泮算是个很自信的人，甚至有些时候有些场合他都自信到了几乎自负的程度。但是，他聪明，他知道自己的短板，那就是他的语文程度并不咋地。一般情况下，他不会学着某些领导人那样，出口必典故，至少是成语。

“咱是干苦力活儿的，装什么文雅。” 真正在重要场合或高层次的场面，万泮也会见机行事，自嘲一下自己。

但是，坦率地讲，你必须承认，圣格美装饰集团成立这些年来，陆续承揽了多座星级酒店的装修工程，在业内影响越来越大。星级酒店在装修实施过程中的每一个区段，每一道流程，每一个步骤，他们都积累了丰富而成熟的经验。

特别是星级酒店装修中的垂直运输，那是要求在规定的时间点，把工程施工所需的材料设备，准时地送达施工作业场地。大到主要材料、部件、设备，小到砖瓦、灰砂、螺丝钉，否则整个进度都会受到致命的影响。而恰恰在这方面，近年来所有的来访客户和合同客户，都对圣格美装饰集团的垂直运输组织能力交口称赞，一致推崇。

“既然这样，我的汇报到此为止。” 赖总工边说边收起激光笔，站起身来向万泮做了个拜拜的手势。

“好啦，汤副总，立即打印封标，专车送去招标中心。”万汼看看挂钟，指针已在下午五点半，只剩半个小时就要截标了，他朝着汤副总重重地点了点头。

“是。”汤副总敏捷地起身向外走去。

01-05

时间过得太快啦！还不到下午六点呢，办公室朝向西面的落地窗已经被晚霞染得一片绯红，就连里面敞开区的卡座隔板，也一排排的被夕阳镶上了金橘色的边框，就像士兵的序列，真美啊！

万泮特别爱公司的办公楼，发自内心深处的真爱！

这是自己和公司同仁拼搏多年，抓住了一次偶然的机遇，从其他公司手里买下来的二手写字楼。上下两层，面积规模大小适宜，正好满足公司的需求。底层安置了市场拓展部、投标合约部、工程管理部及材料采供部，都是直接面对市场、服务客户的部门。当然也留了一处不大点儿的空间，作为公司的职工餐厅，给公司员工提供免费午餐。顺便还做了一间包间，有些熟客不很见外，就留在小包间里，浅酌深聊，甚是方便。

二楼是集团的管理心脏所在地。高管团队以及办公室、总工办、人资部、财务部及法务部这些内部管理架构的核心部门都设在这层。

自打买下这处写字楼，万汼就感觉着真正可以开始安家立业了。真的是安家立业的感觉！公司就像是自己的家，有了这栋房子，以后，就踏踏实实和大家一起，鼓起心劲儿干事业吧。这个意识支配着他，亲自指挥设计团队："一定要设计出带有鲜明个性和特色的圣格美集团自己的写字楼！"

这可是个挺难的课题呀！都说，设计是建筑的灵魂。没有完美的设计，建筑就是一堆没有灵魂的钢筋混凝土躯壳。

可是，完美归完美，灵魂是灵魂，这两者之间是种怎样的关系呢？具体来讲，设计，怎么体现这处办公楼的灵魂呢？

大家都是一样地坐在里头办公，这个问题，不只是公司高管，就连设计师们，也常常发出同样的感叹：装饰装饰，不就是粉饰一下墙面吗？没必要故弄玄虚吧？

什么？你是吃这碗饭的，你也能说这种话！这是万泮最最深恶痛绝的言论！

万泮自己就是建筑师出身，对建筑空间的偏爱，是嵌在他灵魂深处的一种执着。他固执地坚持，建筑装饰绝不是简单地给建筑物穿件衣裳贴层皮，而是要利用材料的品质，诠释空间的个性，打造建筑的美感。

是不是听不懂呀？是不是觉得这种说法太空洞？那这么跟你说吧："这次设计，不仅要合理地满足公司运营的使用要求，注意，是物理性的使用要求，而且，还要满足我们自己的审美要求，那就是精神层面的需求了。" 前几轮设计方案讨论会上，万泮反复说着这几句车轱辘话。

"泮总，您说来说去，我们还是不得要领呀。"几位执笔的设计师极为苦恼，"您就说，这图怎么画吧，行吗？"说着说着都快带着哭腔了。

"啥？说啥！总不能让我替你们画吧，我的事谁来替代呀。"

万泮也是干着急。

我再说一句："我们的最终设计效果，不仅要满足使用要求，还要体现我们的审美素养，更要展示我们的价值取向。我们是正在崛起的行业翘楚呀！”

然后，他抬起手并拢了食指中指，朝空中戳一戳，狠声地说：“总之，要把自己的写字楼做成展示自己推销自己的样板工程，听明白了吧！”

看着设计师们干瞪着眼，似乎还是没有进入状态，“唉，急也没用！”万汼心里想着，虽然摇摇头，嘴上还是鼓励大家：“灵感是一瞬间迸发出来的，别急！”

当然了，不能乱花钱！

“靠钱堆出来的东西，除了庸俗，还是庸俗！”撂下这句话，万汼再也不进设计部了。

半年后，就建成了现在的办公楼。

万汼从会议室出来，抬手搓一搓微秃的头顶，习惯性地整了整衬衫衣领，拽了拽夹克的前襟，然后，尽量克制着阔步向前的军人步履，装得像信步闲庭一样，慢慢在公司各处溜达着。他把这当作百忙中的舒缓小憩。

办公楼最终完美竣工投入使用之后，无论再忙再累，只要没出差，万汼每天都要忙里偷闲，楼上楼下地转它两圈。当然，也不是纯粹闲转悠，他喜欢不时地去各个办公室瞅瞅，东张张西望望。偶尔，还会貌似不经意地和卡座上的员工们闲聊两句。他相信，和基层员工闲聊，这是一个公司掌门人性价比最高的管理秘方。他内心很享受这种过程，特别是紧张忙乱了一阵之后。

其实，最令他开心的是有客户来访。

通常情况下，客户来访是由赖总工或者汤副总负责接待的。他们陪着来访客户，由楼下而楼上，循序渐进地介绍公司概况，在展示墙上参观公司业绩图片，进到荣誉室观瞻各类奖状奖杯——最后在二楼会议室落座，主客双方展开积极充分的互动交流。

这时候，汤副总或者赖总工就会按着既定方案，通知若谷引领着万汼过来会议室，郑重其事地向来访客户介绍：这是我们圣格美集团的创业老板——万汼先生，汼总。

然后，双方互递名片，“欢迎，欢迎”“呵呵谢谢，谢谢……”

彼此客套一番。等来访客户坐稳了，万汼就会说：“再次欢迎各位来访，欢迎指导！”

稍作停顿，他接着又说：“真是不巧，我那边正在开着一个会，这儿就请汤副总带我们团队跟各位交流互动了，我就先失陪了哈，实在抱歉，抱歉哈！” 说着说着站起身来，双手合十向客人拜一拜，便转身慢慢退了出来。

万泮很不喜欢这种程式化的接待方式。

他有他自己的一套——年初的开年培育周，万泮专门给市场拓展部做了培训，不培训不行呀，竞争越来越惨烈了！

他亲自把自己多年来接待客户、服务客户的心得，梳理成了营销指南，还特别集成一份小册子，称为《装饰营销实战十诀》，让市场拓展部的员工们人手一册。其中有四诀，也就是四条，就是专门针对接待工作的，万泮亲自在培训课堂上演讲他的 PPT：

一、门外迎宾，堂内漫聊。啥意思？就是对待每一位来访客户，都要奉为贵宾。负责接待的主要人员要站到公司大门的台阶下面来，走下来，恭迎客户，要让人家初来乍到就能感受到应有的被重视。

要知道，作为一个项目，对我们每年几十亿的产值规模和大大小小几百个合同来说，也许只是我们天天在做的其中一个普通项目而已。但是对一个客户而言，这个项目，也许就是他们公司的全部。

我们几十亿产值里的一粒砂，也许就是人家的整座山。你们说，要不要重视人家？

“再说——”万汴启发式地点拨大家：“礼多人不怪，这可是商家的千年铁律呀！”

注意——他牵引着大家的思路：“热情友好，不卑不亢。这既是礼节，更是策略，策略呀！” 他的眼光里多少流出一点商人的狡黠。

“您说得没错，汴总。”几位资深营销主管自以为心领神会，可又有些不解深意：“既然已经把客户请进大堂了，为啥不直入主题，还在那儿东拉西扯聊啥呀？”

“哈哈哈，都很有心呀。”万汴挺得意，“这正是奥妙之处嘛！大家想想，你和一个初次结识的客户见面就谈生意，是不是太直接了，太过于功利了？”他不等下面回答，就用手指头点着大家说：“什么叫作‘取之有道’，呵呵呵，漫聊，可不等于是瞎聊。貌似不沾边的东拉西扯，要有意识地增加亲和力；醉翁之意不在酒，要‘漫不经心’地发现聊点、蹭点、热点，为接下来自然地进入主题，找准切入点！”

他迎着一双双直溜溜的眼光，缓缓地笑道：“这一套，可没法儿编成教案呀，大家在实践中用心品味、自己总结吧。”

说着又指向了投影屏幕："二、突出亮点，巧妙定位。什么叫作"亮点"？亮点不是优点更不是优势，亮点是与众不同之处，是自己的独有。当今世界是充满差异化的世界，审美的最大吸睛之处就在于差异化，竞争的最大优势也在于差异化。不需要跟客户谈优势谈强势，在客户眼里，只有亮点。"

"那您是不是根本就没啥优势好讲呀？"咱有优势而不谈，是不是底气不足呢？总是那几位资深营销主管抱着疑虑质询他们的汴总。

万汴端着一副久经沙场的大家风范，有板有眼地说：

"谦逊的自信，大方的自尊。"

慢慢琢磨琢磨吧，的确需要实战的历练和时间的修炼，不然，不足以接待大客户。

那几位营销主管悄悄地不吭声了。

"三、不把自己当外人。"万汴接着宣讲，"听着是不是俗气？呵呵呵，主人没请自己就上桌了是不？嗨！不是这个意思哈。"万汴一改平常总板着个劲的严肃面孔："大家细想一下——"

他指着 PPT 继续道："从合同的层面来讲，我们和客户是甲乙双方的关系。但从项目来说，甲乙双方就是一个团队，共同服务于这个项目。明白吧？明白了就好，那你们谁说说这一条的用意何在？”万泮指指在座的员工。

“我想，不把自己当外人这句话，既是对甲方的一种表白，也带有一点对甲方的暗示。”

“暗示什么？”

万泮期望员工们都能自觉理解这些要诀的内涵。

“暗示甲乙双方的平等关系。”

对！你说得对！万泮并没作声，只是冲着这位员工竖起大拇指点了个赞：“就这个意思，这也是为了给自己营造一个尽可能公平公正的项目实施环境吧。”

“讲得太实在啦，泮总您快接着讲吧！”讲台下面的员工们都有点兴奋。

“好啊好啊，我接着讲这第四诀——”

看看时间不早了，万泮加快了语速：

“这第四诀就叫作：不是总包，胜似总包。这个一听就明白吧？要知道整个建筑工地上，十几家各类专业的服务商，只有我们装饰公司会和所有伙伴公司发生工作关系——想想是不是这么回事？是吧？”

万泮见大家都理解这个问题，就进一步解说道：

“只有我们，只有我们装饰公司，对整个建筑工地上的各种情况最为熟悉。将要发生的，正在发生的，潜在的隐患和问题，我们都有可能知道。”

“为啥是都有可能呢？”下面有人提问。

“因为你要想知道就能知道。除非你不想知道。”

万泮的这话，听起来没有正面回答大家的问题，其实道出了更高境界的含义，那就是职业操守。

“既然我们客观上已经对建筑工地这么了解了，那我们为什么不主动去协助总包，去协助监理，积极管控，提前预警，防患于未然呢？”

这是最令人敬重的乙方心态：有管控，有预警，就不会出错。不出错质量就好，不出错进度就快。

万泮接着说：“我们的用心，就会换来整个项目的省心、放心。这，这在根本上也是为了我们自己。大家记住，只要你在职场，只要你在工作，那么，利他的善举，一定会成就自身的完美。”

啊——

“太棒啦，太棒啦！教科书，简直就是教科书啊！” 汤副总都要蹦起来了，“汴总讲得太好啦，对不对？”

他冲着大家，双手举在空中使劲挥着，拍着。

哗哗哗……下面一片鼓掌声。

01-06

“汴总爷爷，汴总爷爷……”

咦？是在叫我吗？不知从哪传来的稚弱声音，万汴感觉好像是在叫自己。谁呀？他的脑袋一个激灵，从刚才的思绪中回过神来，这才发现自己又从一楼转回到二楼了。

“汴总爷爷您好。”

嗯？万汴一回头，这才发现声音来自身旁的卡座上，一个小女孩正仰着头，笑眯眯地看着自己。手里拿着一支笔，好像正在桌上铺开的白纸上涂鸦。

“噢？呵呵呵，你是谁呀？” 别看万汴是个军人气质浓厚的企业家，平常总是一副不苟言笑的样子，但在他的骨子里，却是个生性喜欢孩子的人。他尽量让自己用一种听起来和蔼可亲的轻柔声调问：“你认识我吗？小姑娘。”

哎？不对呀，没等小姑娘答话，万汼突然想到公司明令禁止带孩子来办公室呀，这是谁的孩子？

“雨闳，雨闳……这孩子，谁让你打扰爷爷啦？”突然，旁边跑过来慌慌张张的若谷。

“哦，是若谷呀，怎么？你——”万汼纳闷，谁不清楚公司的规矩，自己的助理也不会不清楚呀，“你这是？”

“哎呀对不起啊，老板，不好意思，真的不好意思……”若谷一叠连声地对着自己的老板解释着，脸都急红了。

“怎么回事？”万汼并没有责怪的语气，他深知若谷是个非常自律的人，但若谷还是满是歉意地说道：“今天下午幼儿园老师们都放假了，实在没办法。”

若谷看一眼自己的老板，边把孩子揽在怀里，边又躲开万汼的眼光，多少有点无奈的委屈，又解释说：“我和他爸这两天实在太忙，姥姥身体也不太好，一个人在家带不了孩子。唉，就是想着今天临时凑合一下……”说着说着语调低了下来，多少有了点伤感，“真的对不起，老板。好在今天下午公司也没多少人，不会造成影响的。”

“噢……这样啊。”万泮拖着声调，刚刚应答了若谷的话，突然觉得，咦？好像哪儿有点不对。

“哎？是啊！怎么今天下午是没见着多少人啊。”万泮怔怔地望着若谷，“刚才我就觉着纳闷儿呢，楼上楼下的，怎么哪儿哪儿都不见几个人呀？”

看着万泮茫然的眼神，若谷说：“今天下午女生都放假了呀。”

“女生放假？放什么假？”万泮更觉得摸不着头脑了。

“您不知道呀老板？”若谷以为万泮在故意装蒜。

“知道什么？我真不知道女生要放假呀？”万泮直盯着若谷，眼里实实在在地是一片不知情的茫然。

“哦，老板您真的忘啦？今天是三八节，三八女神节！幼儿园老师，咱公司女生，全国女神，都统一放假半天嘛。”

看着万泮似乎有所感悟，若谷就想化解一下刚才尴尬的气氛，便又接着调侃了一句，“法定的呀，带薪，呵呵呵。”

啊？她突然看见万泮呆住了。

只听万泮“啊！”了一声，整个人就呆在了那里，眉眼紧紧蹙在一起，嘴角也抿成了一条缝，气色一下子沉了下来。

片刻，万泮抬手拍拍自己半秃的脑袋，往前走了一步，沉沉地往卡座的椅子上一坐，胳臂肘子支在桌面上，又拍了拍脑门子，嘘出一口长气：“唉，真是的！”

这是怎么了？一旁的若谷也呆了。她往前凑了凑轻声问道：“老板，您这是……没事吧？”

万泮的身子一抖，倏忽之间，表情一下子又舒展开来：“噢，没事，没事。”他看看若谷，又看着站在一旁静静地听着两个大人说话的雨闳——

“来，”他脸上又现出了刚刚看到这孩子时柔和的笑眯眯表情，把雨闳拉过桌子边上，问：“你认识爷爷吗？”

“认识呀。”雨闳大大方方地回应着。

“噢？你是怎么认识我的呀？”万泮觉得有点奇怪。

“呵呵，还不是春节后公司新年大会聚餐嘛，员工可以带家人，我就把她带上了。”若谷一旁解释着。

“我看见您在台上讲话了，我知道您的名字叫泮总，特别像我二大爷，嘻嘻。”雨闳边说边还用小指头点着万泮。

什么，什么？他二大爷？这叫什么话！

看着万泮诧异的表情，若谷一下子反应了过来：“哈哈哈，老板，您可别误会，这可不是你们那个贬人的‘二大爷’呀，是我们家乡对爷爷的兄弟按排行的称呼。”

若谷拍拍宝贝女儿的后脑勺：“淘气。”又对万泮笑着说，“孩子不懂事，老板您可别介意哦。”

“噢，是这样呀呵呵呵，没事没事，童言无忌，童言无忌。”万泮给自己解了个嘲，说着又俯下身子，问道：“叫啥名字呀？”

“雨闳，妈妈叫我小雨点，五岁半。”哈哈，孩子一点儿都不生分。若谷一旁摸着孩子的头笑着说：“话多！”

“噢，这名字挺好听。”万泮点着头，拉住雨闳的小手，“这两个字怎么写呀？能写给爷爷看看吗？”

“好啊。”说着，雨闳拿起桌上的铅笔，在刚才涂鸦的纸上开始写自己的名字：一横，一竖，一横竖钩……

“嗯，写得真不错，慢慢写，不急。”万泮说着，心想，这么大的孩子正是最讨人喜爱的时候。

“抬直了头！”若谷在一旁提醒着宝贝女儿。

“嗯。”雨闳嘴里念叨着，“再一竖，然后，小雨点儿，下雨啦，下雨啦……”说着，一点，一点，认认真真地从右往左，先点了右边两个雨滴，又准备再点左边那两个雨滴。

“哎，哎——”

万沜忽然让雨闳停下笔来：“小雨点啊，你这个雨为啥要从右边下呢？”

雨闳头一歪，朝着妈妈挤挤眼：“嗯，嘿嘿。”答不上来。

“应该是先左后右吧？老师是不是这样教的？”万沜轻柔地说，“不是有句诗吗？东边日出西边雨，西边，就是左边，雨就是从左边开始下的。写字也要先左后右，是吧。”

说着就想从雨闳手里拿过笔来，嘴里念叨着：“你看，这样，这样……”

“我知道我知道，”雨闳握着笔的小手就是不松开，“东边日出西边雨，道是无晴却有晴，唐朝诗人刘……”

话没说完就被若谷打断了：“好啦好啦，别打扰爷爷啦，爷爷还有很多工作要忙呢。”

呵呵呵，看着一旁噘噘嘴有点扫兴的雨闳，万沜就对若谷说：“好啦，那好吧，那你也快带孩子回家吧。”抬手看看腕表，唉！越忙感觉这时间过得越快呀，忙忙叨叨的不觉已经到了下班时间，六点了。

“我待会儿再走，帮廖绅把明天答标的资料再整理整理。”

听若谷这么说，万汼点点头：“好吧。”

话题一转又感慨了一下：“哎，现在的孩子们哪，真是越来越聪明！”

若谷听了这话开心地浅浅一笑。

“哎？廖绅去哪儿了？”突然，万汼像回过神来似的一问。

刚要走开的若谷停了下来，有点欲言又止的样子：“他提前回去一下。”

“嗯？不是安排了他过一会儿陪我接待客户吗？怎么又跑回去了！”万汼脸上有点愠色。

“是这样，老板，他说今天是我们女生的节日，家里还有孩子的姥姥，他说想让我们一家三个女生吃一顿他亲手做的饭。”

她担心汼总着急，赶紧又说：“他马上就返回来，他就是赶回去做顿简单的饭，想让我吃顿现成饭。”

听着若谷的话，万汼心里“咯噔”一下，没再说什么。不过，若谷感觉到汼总好像有什么心事。

“你让孩子自己待着玩一会儿，你来我办公室一下。”万汼转过头去背着脸跟若谷说完，就径直朝自己办公室走去。

01-07

南国的初春，太阳落得早，刚刚六点，就已经坠落到了远处群山的背后。气温开始降低，地面的湿气凝成了薄雾，从山里慢慢腾起，被落日渲染成了绛红色，大半个天空中的云彩变得绚烂缤纷。

刚进办公室，手机就响了，一看是汤副总来的电话，万沣急忙接通。手机里传来汤副总急促的声音：

“沣总，标书按时送到了。”

“那好那好，” 万沣刚想说那你赶快返回公司吧，汤副总紧接着又说：“主要是顺便打听到，投标单位通过前期走访考察，层层优选，足足选了有二十家入围单位。”

“啊？”不等万汫说什么，汤副总不歇气地说，“是啊是啊，所以我先电话跟您汇报一下。明天的评选规则也做了最后敲定。”

什么？难道前面招标文件中公布的评标规则又有变动？

万汫一听有点犯急，怎么经常这样搞突然袭击啊，这标，还怎么投呀？

“是啊，汫总！”汤副总紧赶着说，“您听我说，听我说，据我听到的消息是，明天早晨八点半开始进行技术标的评审，每家投标单位只给十分钟的述标时间，包括答疑。然后评选五家公司入围商务标评选，下午一点半宣布入围名单，同时开始评选，三点结束。”

十分钟！十分钟够谁述标？不会是又内定了中标单位，拉着我们去陪榜吧！

“好啦好啦，赶紧回来再说！”万汫有点不耐烦。

“不行啊汫总，我的意思是现在就得赶紧让办公室通知有关人员，咱今晚必须得加班开个会，好好研究一下策略吧。”

“还有啥策略，我看又是得靠运气了吧！回来再说。”万汫没好气地说。

“不行不行，这次商务报价也要分两次，先公布五家入围公司投标书里的报价，但不公布公司名称。然后，让各家参照第一次报价里的最低价再报一次修改报价，也就是最终报价。最后，在这五份最终报价里面，选取次低价的公司为中标单位，也就是倒数第二名中标。”

汤副总执着地汇报了自己认为必须现在就得说清楚的问题，万泮听着都快有点晕了：“快回来再说吧。”说着把手机掐了。

进门都没来得及落座，站在那儿接了一通电话的万泮，仰头舒了口气，平缓了一下自己的情绪，刚想坐回写字台，一扭头看见若谷在门口呆呆地站着。

嗐，你看你看，我这，这刚刚才说的话怎么就忘了？

“进来进来。”万泮示意若谷把门掩上，指指写字台前的椅子，自己坐回到了总裁椅上。

“你说说。”万泮尽力把刚才和汤副总电话里说的事从脑子里挥去，凝视着若谷，低声说道：“下午那会儿，廖绅提到担心冉生提供的主材价格不够合理，你知道是什么原因吗？”

若谷低着头，她知道，泮总一定会找她询问这件事的。她也一直想找机会给泮总汇报一下，但一下午忙得实在没有空隙。

看若谷低着头，万泮又低声说：“你知道的，下午在会上说这事不合适，我就把话题岔开了。”

“我知道，老板。”若谷抬起头看着万泮。

公司上上下下有二百多号员工，大家都称万泮为泮总，只有若谷喊他老板。若谷深深知道万泮对自己的信赖，她也更熟知泮总的行事风格，毕竟跟随他有十年了。十年来，她从公司颇具特色的企业文化氛围里，从泮总的身上，学到了不仅学校里学不到，而且一般岗位也难以学到的太多的职场规则，也养成了遇事三思，从不随意信口开河的职业习惯。

“是这样，老板。”沉吟片刻，若谷问万泮，“您熟悉冼贝，冼小姐吧？”

嗯？怎么忽然提到她？“知道，不就是冉生的秘书吗？谈不上熟悉。”万泮点了下头。

“是的，我跟她挺熟的，经常有工作上的交往。”

若谷往前倾了倾身体，“上周她不是随冉先生来公司开临时董事会了吗？大家平时不常见嘛，会后我就请她吃了个晚餐。”

“噢，你直接说吧。”万泮抬手指了指腕表。

“好的。”若谷赶紧把话题拉倒主题上来，“女人嘛，在一起难免扯些八卦。”

不料又招来万泮点了一句：“还有时间八卦呀！”

“哦，哦，我是说，那天晚上就聊到了冉先生的太太，冼贝好像很爱聊冉太，说起来东拉西扯没完没了。其他我倒没在意，也不喜欢听那些无中生有的花边新闻，但她跟我说起冉太做生意的事，我倒是留心听了听。”

“这也正常吧，港人谁不做生意呀，两公婆各做各的很正常嘛。冉生就是做材料起家的呀。” 万泮不以为然地摇摇头。

“那也是。”若谷谨慎地说，“但我听明白了，冼小姐是说冉太在独家代理国外两个著名品牌的墙地砖，而且专供冉先生。”

“噢？”万泮的眉毛一挑，嘴唇抿了起来。

“你是说，冉太给冉生供货，冉生再推荐给咱们公司？”

“是的。但还不止于此。”若谷知道泮总听明白了，她觉得需要展开把这事讲得更透彻一点：“回家后我就把这些聊天的内容讲给廖绅听了。”

“这和廖绅有啥关系呀。”万泮觉得若谷又把话扯远了。

“是和他没啥关系，不就是两口子忙一天了，睡前聊聊天嘛。”若谷没在意老板的话，“您猜廖绅怎么反应？”

没等万汼说啥，若谷紧接着说：“廖绅一听，说难怪呀，难怪我的几个哥们儿说常常看见咱们公司的冼贝。”

若谷看了一眼老板的神情，知道他听得很认真，就又说：“廖绅说的他的那几个哥们儿，是指其他几个装饰公司的人，都是做招投标的，是他的同行好朋友。后来廖绅又专门问了问他的那几个朋友，他们说冼贝去到他们那儿，还向他们的采购中心推荐高档大理石，高档木饰面……”

嗯，听明白了。这么说，万汼点点头，心想：冉生和他太太联手，通过他的秘书从中联络，同时给本地好几家装饰公司供应他们代理的墙地砖和其他高档装修材料。

这么说来，廖绅的担忧是有道理的。谁能确保我们的采购价是最低的？谁又能够保证我们的采购价会不会泄露？

投标，投标，装饰行业投来投去，其实拼的就是价格，所以说是价格战嘛！自己的投标价都有可能被泄露，这标投得还有什么意义！

“你去忙吧。”万汼显得有些疲惫，看着起身往外走的若谷，又示意了她一声：“把门帮我带上”。

说着半趴在写字台上，习惯性地支起胳膊肘，用举过头顶的手拍打着自己微秃的脑壳。

01-08

万泮和冉先生相遇相识，那要从二十多年前他俩的一次邂逅说起。

那正是万泮辞去设计院的公职，来鹏湾市自主创业的最初几年。当时，他由一个普通的建筑设计师，被刚刚兴起的城市建设狂潮卷进了建筑业的细分领域——装饰行业，一不小心成了装饰业的拓荒牛。

其实，准确地讲，当时建筑装饰只是个刚刚出现的行当，根本还没形成行业。从业者基本上是刚刚放下镰刀锄头，脚上还带着田里泥巴的种田人，也就是后来为国家经济起飞做出巨大贡献的农民工。

万泮作为专业技术人员，特别是作为有丰富设计经验的建筑师，在搞装修的这群人里，简直就是凤毛麟角。想想看，当他创立了圣格美装饰设计公司后，连他自己都不敢相信，整天找上门来的客户居然如此之多！

后来，很多客户拿到他给的设计图后，就说万老板呀，帮忙帮到底，就按你这个图，你给我做施工吧。

“啊？”万泮一听，蒙了。这施工我哪儿会做呀？

“哎，老板，这施工我做不了呀。”万泮坦诚地跟对方说。

“呵呵，客气啥呀，你哪能不会做呢。”

“真的不会做！这都分着行当呢，设计是设计，施工归施工。”

“嗨嗨，你别跟我说那个，你不是工程师吗？工程师怎么不会施工呢？”

这位客户根本不信万泮的话，一味跟万泮较真道“别谦虚啦，过分的谦虚就等于骄傲。”

“我说老板，”万泮还是不厌其烦地跟他解释，“我就是专门学设计的，你要让我做设计，怎么地我都会做到让你满意，可那个施工呀，真的是另外一套学问。”

一听这话，这位客户也有点说不来的滋味，摇摇头叹道：“唉！学问，学问，你们这些做学问的人呀，难怪有些人不待见你们！我看呀，也确实有点酸臭，装什么呀装……”

这话一下把万泮噎死了：“你，你——”

“好好，好，不说了……你是不是担心我没钱呀！”客户说着，“刺啦”一声，拉开了裤带上的腰包，一沓子灰绿灰绿的票子露了出来。

万泮看呆了：“这，这啥呀？这哪儿的钱呀？”万泮知道这个城市现在市面上什么外币都有，港币、澳币、美金、日元……可他自己从来没接触过。

“人民……币！”客户的调门高了起来，“钞票！刚刚出来的，五十元一张，看明白咯！”

这客户“刺啦”一声又把腰包拉上，拽住万泮的手，半弯着腰，两眼直直地看着他，换了个口气说：“万老板，万工，万工程师！你让我上哪儿找你这样的工程师呀！求求你了，这个忙，你一定要帮我！”

态度真的很恳切。

这话一说，万泮感觉心里一抽，脸上有点发热：唉，是啊，人才匮乏呀！经济复苏，百废待兴，专业人员真是不够呀！万泮就是因为早早意识到了这一点，才执意从部队复员回来，硬着头皮读了建筑学，三十岁才走出大学校门。

“好吧，都说到这份儿上了，我试试吧。” 万泮拍拍客户的肩头，诚心诚意地说，“你让我想想办法，好吧？”

送走客户，万泮在地上转了几圈，怎么办呢？

那个时候的万泮，刚刚四十挂零。想想自己，从军营大门走进去，又从大学校门走出来，身上充满了工作欲望和自信，甚至颇有些“明知山有虎，偏向虎山行”的挑战欲！看来，这就是“下海”的挑战，这就是市场的推力。万泮心里逐渐浮出了越来越清晰的想法：这是逼着我非要把设计和施工当成一件事来做吧。

“用自己的双手，完成自己的创意设计，实现一部完整的作品，这不也正是我所渴望的设计施工一体化吗？” 想到这里，万泮一拍脑袋，好！思路决定出路，他顺手拿起旁边那本薄薄的鹏湾市黄页，从头到尾仔细翻看起来。

就这么着，一行小字进入他的眼帘：冉记装饰材料商行，地址：滨江大酒店首层。这也是这本薄薄十页纸的黄页里，唯一和装饰工程有点关系的一家公司。

很快，冒着正午的烈日，万汴打车来到滨江大酒店，找到了这家装饰材料商行。这店面的门脸不大，但里边的各种材料样板倒也品类齐全：墙地砖，大理石，各种高档珍贵木材，还有进口马桶，水龙头淋浴喷头……分门别类摆置得井井有条。射灯照在样品上，更显得它们高贵，典雅。

“请问老板在吗？”万汴客气地问看店的年轻人。

“在，稍等。”年轻人面无表情地走进里面，一会儿，从里间出来一位中年男子，大约五十来岁，高挑的身材，穿一身笔挺的浅色条纹西装，稀疏的灰白头发往后梳着，一丝不苟。手拿一个眼镜盒，嘴角向上微翘着，看上去儒雅随和，不卑不亢。

万汴心想，这该就是老板吧，随即向前跨一步，伸出手来：“您就是老板吧？请问贵姓？”

“正是在下，免贵姓冉，冉冉升起的冉。”“儒雅男”轻握一下万汴的手，抽出手来向旁一指，“来，随意看，随意看——有什么我能帮到的吗？”

万汴看着对方，第一感觉冉先生不像是个商人，可他明明又开着商行，言谈不俗，举止得体。嗯，也许这就是人们传说的“儒商”？好吧，既然像个有文化的人，咱也就不必客套了。想着，就开口道：“冉先生。”

没等万泮说开来，儒雅男就笑呵呵打断他：“呵呵，就称冉生好啦，我们香港人都是这样随意称呼啦。”接着马上又说，“噢，失礼失礼，请问尊姓？”

“哦，呵呵好啊冉生，我姓万，万水千山的万。”

“哦，大姓呀！”冉生一听来客姓万，竖起大拇指恭维道，“这个是亿万富翁的万啊，厉害厉害！”遂又转口问道，“万老板发什么财呀？”

万泮听了一笑，他来鹏湾市这么久了，知道河对岸的香港是个把商业文化发展到极致的地方，香港人打听你做什么工作，就直接问你是发什么财，他也就没当回事，直接跟冉生说：“我是个建筑师。”

“啊！”冉生一听，眼珠子立刻瞪得滚圆，脸上尽量表现出惊讶和崇拜的神态，从眼镜盒里取出眼镜架在鼻梁上，走进一步端详着万泮，“啊，不得了啊，建筑师，不得了！你知道吧，那咱俩还是半个同行哦！”

万浒笑着说：“咱俩怎么是同行呢？”

“我可是南粤理工的土木系毕业生哦！”冉生自豪地一扬下巴，上前拉住万浒的手，“来来，这边来。”说着把万浒让进里间，坐在冉生办公台边上的小茶桌旁。

“跟你说吧，”冉生冲好茶为万浒斟上一杯，自己也呷了一口，“你知道吧，我六十年代初从南粤理工土木系一毕业，就定居到香港啦。”

“呵呵,这个我还真不知道呢,你说吧。”万浒冲着冉生一笑，心想这位冉生倒是不见外。

“是啊，万老板，你看你是建筑师，我是土木工程师，你说咱俩是不是有缘呀！” 万浒听冉生这么说着，心里有一些感慨：看人家香港人做生意的这份情商，就是高，才刚刚见面，就把关系拉扯得这么近。心里想着，嘴上说，“冉生，我不是来买装饰材料的，其实，我只是想打听一下，你知道哪里有装修队吗？或者是做装修的工人师傅。”

“嗨呀，你就没明白，万老板呀，我就是来做装修的嘛！”冉生扬扬下巴，冲着万浒又说，“我这个商行呢，就是个平台，主要是为了下一步开展装修施工。只是……”他又凑近点儿看着万泮，目不转睛地说："我觉得我们可以就这个问题，认真谈一谈。"

万泮没有作声，他不是不想说，而是不知道该说什么。这事发生得也太快了点吧？我就是想来找装修施工队的，结果真就遇到了一个跟我一样的专业人士，还是个港商，港商还这么积极地想跟我谈，谈什么？怎么谈？

万泮的脑子转得不算慢，但这会儿他感觉真是转不过弯来。

看着万泮不作声，冉生也觉得自己多少有点唐突。脸上露出一丝歉意的笑，嘴角往上一翘，说："这样吧，都大中午的了，你看旁边有间刚开不久的麦当劳，不然我们过去吃个工作快餐，边吃边聊，好吗？"又补充道，"麦当劳，美式快餐，知道吧，在亚洲就有超过一万家连锁店哦！"说着，也不管万泮同不同意，拉起他就往外走。

片刻，两人已经坐在了麦当劳餐厅的卡座上，一人取了个汉堡，要了杯可口可乐。

这次轮到万泮介绍自己的来龙去脉了。军旅生活训练出来的直觉告诉他，这个冉生可以尝试着深谈，特别是眼下，自己有了新的发展思路，港人走在我们前面，一定有许多宝贵经验值得我借鉴。

想到这一层，万汼三言两语就把自己的创业经历和正在构思的发展思路和盘托出，清晰地展示在了冉生面前。

冉生边听边感慨，边听边点头。等万汼停了下来，他马上接口说："太好了，我们是优势互补，专业互补，一定会有很好的合作啊！"

"还有，你知道吗？"他似乎遏制不住自己如泉涌出的思绪："万老板，你觉着这个麦当劳好吃吗？"

"还行，填填肚子嘛。"万汼没心思搭理这些不沾边的话。

"可你知道麦当劳的性质吗？"

万汼脑子里一直在回味刚才两人的对话，一时没弄明白冉生说的什么意思："性质？不就是快餐厅吗？"

"是一间快餐厅，但它不是一间普普通通的快餐厅，它是一间全球连锁店。"

见万汼还是不很理解他说的意思，冉生接着解释："什么是连锁店？就是从企业运营，到产品制作、技术控制、商业模式，一直到行政管理，都是在一套标准化、规范化、程序化的制度控制下运行的。"

万泮听出来点门道了：“你接着说。”

“这就是连锁的含义。我是说，如果我们两个人合作，那就一定要打造一个麦当劳式的装饰企业集团，通过连锁运营，把我们的装饰服务覆盖到全国去。”他觉得意犹未尽，又补了一句，“就像万老板你的大姓一样，我们去搞他一万间连锁店，我们都做亿万富翁！哈哈。”

万泮感到一股热流涌入胸中，大脑顿然开悟。这，看来是今天最大的收获，也许是今后发展的最大一个契机吧。

今天，万泮领悟到了：做好一个企业，必须要有远景规划。商场如战场，用军人的语言描述，那就是企业也要有战略规划和战术设计。

今天，万泮和冉先生一见如故，短短时间里描绘了一幅简练的战略规划蓝图，更重要的是，彼此都更加清楚，要实现这幅蓝图，还要设计一套行之有效的商业模式。某种意义上讲，独特的、行之有效的商业模式，更重要！

“后会有期，祝我们合作成功！”两人互道珍重，紧紧握了握手。

这是两人第一次邂逅的最后一个镜头。

01-09

笃，笃，笃……又响起了若谷的敲门声。

万汼一看墙上的挂钟，已经六点半了。

他起身走到门口，拉开门就对站在门口的若谷说：“还不回呀。”

“嗯，”若谷边往后转身边对他说：“我就是来告诉您一声，我这就回去了。廖绅已经在来公司的路上了。”

望着若谷往楼下走去的背影，万汼忽然有点动情，嘴里不由得喃喃自语：“忠诚可嘉呀！”

办公楼里空荡荡的，只有个别几个加班的员工在静悄悄地忙着各自的事。

公司是从来不要求员工加班的。但是，每个岗位都有自己的岗位责任，都有严格的考核制度，白天办公室里会有这样那样的一些干扰因素，所以总有些人需要加加班，也就不足为奇了。

万泮又返回自己办公室，重新沏了杯茶，坐在沙发上发起了呆。若谷和廖绅这一对年轻人的影子，不停地在他眼前晃着——时间真快呀，一晃，他俩入职都已经有十年了！

是啊，廖绅和若谷，都是那年万泮亲自去南粤理工大学去做校招时招来的应届毕业生。记得当年公司只计划招一名大学生，是为工程部培养项目施工员的。当时有四五个土木系的小伙子参加应聘面试，廖绅是其中比较显眼的一个：一米七八的个头，站那儿直溜溜的，面带淡淡的古铜色，说话简明直白，声调不紧不慢，虽然是个稚弱书生，但颇有几分军人气质，学的专业就是工程管理，万泮一下就相中了。

确定招收廖绅后，廖绅突然提出个问题，说他的女朋友今年也毕业了，和他是校友，只不过学的专业是现代物流管理，期望能一起招聘，不然他可能就另选出路了。

这个问题有点突兀，万泮沉思片刻，提了一个折中的办法：

“你看这样行不？”万泮坦诚地看着廖绅说，“请把你女朋友的简历提交给公司，我让人资部门按流程考察一下，正常情况下一个月内办理入职手续。”

廖绅在一旁静静听着，万泮接着说：“如果万一咱这儿有啥问题，到时候我负责向我熟悉的朋友公司推荐你女友。这样，至少保证你们俩能同时都在鹏湾市就业。”

万泮做出这样的承诺，完全是基于他对廖绅的认可，他相信自己的眼光。

半个月后，廖绅和若谷先后都顺利入职了。万泮没有看走眼，几年后两个年轻人就都成长为公司的骨干，各自管理着核心部门，若谷更成了万泮倚重的总裁助理。

更让万泮欣慰的是，这两个年轻人不仅仅有工作能力，可贵之处更在于他们工作中的主动性。万泮总给大家说，这是我在部队当兵时，连长天天在队列讲话时要求的：主观能动性！

啥叫主观能动性，就是领导下一个指令，你就要去想办法，出方案，解决问题！但他每次都把后一句话咽在肚里：“别像癞蛤蟆一样，戳一下，跳一下！”

除了主动性，就是强烈的责任心和对公司的忠心耿耿。万汴特别看重后面这一点。有时候，他会觉得不便于直率地表露他的原则，顾虑个别高管在选人的问题上和他发生不必要的争执。但在他的内心深处，当“忠诚”和“能力”成为并列选项时，他一定是要把“忠诚”放在首位。

其实，看一个人忠诚不忠诚，如果是已婚人士，那直接看他的夫妻关系如何，就能看出个八九不离十了吧？

万汴之所以会这么想，很大程度上也是受到廖绅和若谷小两口子的感染。

就拿今天下午来说吧，自己早就把什么过节的事忘得一干二净了，甚至压根儿就没想起来过。你可以说你太忙了，忙晕了。可你看看廖绅，人家年轻人不是一样地忙吗？但人家是真真地把爱妻放在了心里。在今天这个特殊日子里，再忙都要赶回家去做一顿饭，让自己的爱妻吃一顿现成饭，过一个“女神”节。

何止是爱妻，人家是把上面的老娘，中间的婆娘，下面的小姑娘这一家子的“三娘”都放在了心里，是把整个家庭都放在了心里，扛在了肩上。这才像是一个男人！这就是男人的忠诚，男人的担当啊！

想到这儿，万汴心里真是愧疚极了！

因为下午在会议室那会儿，突然打进来的电话，正是自己老婆打来的。

本来他不太想接听。且不说公司有制度，确实当时也正在开那么重要的会。但想想老婆出差好几天了，也不知她忙得怎样了？这才犹犹豫豫出来，在走廊上跟老婆敷衍了几句。

其实当时电话里老婆并没有说什么，只是轻声问了问他还在忙吧？随后就叮咛他说，一个人在家，晚饭别太凑合了。然后又告诉他，事情办得差不多了，明天争取返回来。

老夫老妻了，说话总是不咸不淡的。

当时万泮心里还有点责怪老婆呢：明明知道我在忙，还来“骚扰”我！现在万泮才反应过来，老婆也是女人呀！老婆也是要过“女神”节的呀！老婆体谅他忙，根本就没提这码事，甚至连暗示都没有。

“我可真是！”万泮觉得自己的心脏有点痉挛，他忍着痛在心里喊着，“老蜜，老蜜！”

万泮的老婆姓名里有一个字是“M”打头。万泮觉得军旅生活给他唯一的负面影响，就是有点儿铁石心肠：大半辈子了，对着老婆永远说不出“我爱你”这三个字，就是在心里也觉得说不出口。但生活的蹉跎，让他渐渐明白：“柔情未必不丈夫。”即便是铁石心肠，也有柔软的一面。

后来，随着天长日久，他就把老婆名字里的“M”，演化成了老M——“老蜜”。他觉得朗朗上口，就这样时常挂在了嘴上。其实，这个称呼就是他对自己老婆的挚爱。

他觉得自己的鼻子有点发酸，他知道，老婆明白。

01-10

“沣总，沣总。”

一楼大堂里突然传来廖绅的喊声。还没等万沣走出办公室，就听见楼道里“咚咚咚”的脚步声，廖绅已经出现在总裁办公室的门口。

只见廖绅喘着粗气，手指着楼下，略显紧张地压着嗓音喊：“沣总，拓筌君的车已经进公司院子啦。”

“噢？”万沣抬手一看，腕表的指针差三分钟七点整。

“嗯，守时！”

万沣最计较别人是否守时，如果一个人和他有约，守不守时，几乎决定了他和你接下来交往的成效。

但他还是很从容地从侧墙衣柜里取出西装上衣换上，又从衬衫口袋里掏出一把小梳子，划拉了两下稀疏的头发，然后健步往一楼走去。

出了大堂，只见一辆黑色奔驰已经在院子中间停稳，同时赶回来的汤副总正在帮着打开后座车门。万汼走下台阶迎上前去，正好，和刚刚钻出车来站在车旁的拓箜君间隔了两步距离——这正是万汼对初次来访客人要保持的最佳的社交礼仪距离。

两人几乎同时伸出右手，又几乎同时向对方说："您好。"

两人的笑容都是有所克制的。廖绅快步上前，先向拓箜君介绍道："拓箜总，这是我们圣格美集团的老板，万汼先生，汼总。" 又转头向万汼介绍，"汼总，这位，就是北京来的设计名师拓箜先生，拓箜君。"

"啊，欢迎欢迎，久仰拓箜君盛名。" 万汼开始摆出主人的姿态，十分客气地抬手朝向大堂，往里让了让拓箜君。

"呵呵，呵，今天走进圣格美集团，甚感荣幸，甚感荣幸。"拓箜君回应着万汼的客套话，并没有急着进大堂，而是很自然地朝院子里环顾一周，“嗯，不错，不错。汴总啊，您这个小院子真的不错呢！”

“是吧。”很多来客都很羡慕圣格美集团的这处院子，这在一线大都市的闹市区里，的确难得。万汴没有太多在意对方这种礼节性的恭维，只是客气地说：“谢谢啦！”

“嗯，是非常不错呀！” 拓筌君认真地说，“您看您这院子，虽然不大，但却成了大堂空间的外在延伸。”他又转向自己的几位随员说道：“大家明白吧？能有条件把室内空间和室外空间做成这种和谐交融的情景，这可是高层写字楼无法比拟的呀！”

拓筌君好像是有了点儿反客为主的劲头，感觉周围的人都是他的听众，又指着周边继续评说：“你看，这院子外边是宽大茂密的城市绿化带，隔绝了噪声，隔绝了扬尘，多好啊！隔着绿化带才是城市主干道，出入方便，闹中有静。汴总啊，您真是有眼光呀，选这么个风水宝地，有眼光！” 说着，连连竖起大拇指。

大家都听呆了，哇，果然是设计名师啊！瞟一眼，就看出了这么大的学问！有几位已经消除了拘谨，当院站着开始和拓箜君聊起了这个话题。

万泮已经走上了台阶。从院子里进到大堂，要上五步台阶，里外两个地面高度相差了七八十公分。

万泮没有插话，他站在大堂门口宽敞的平台上，很有兴致地借机利用站位高差，居高临下地观赏着拓箜君的举止言谈，迅速打量了拓箜君一番。

“名如其人呀！”万泮有一点感慨。这个中等个儿的大牌建筑师，披一件过膝风衣，遮过耳朵的头发在发梢处打了几个大波浪卷，白净的脸上目光炯炯，他谈锋甚健，很有几分艺术家范儿。

下午在会议室的时候，第一次听廖绅提起拓箜，他就感觉这个名字十分奇特。“拓”，是个很生僻的姓，这他是知道的，并且知道“拓”姓跟很久远的北方游牧民族似乎有点血缘关系，这也许会在个性上带点儿豪爽、彪悍的基因特征？也说不准。可这个“箜”，本意是件古老的乐器，用作人名并不多见，而且“箜”也不是北方游牧民族使用的乐器，为什么他会用来当作自己的名字？也许，只是父母的一点儿寄托？

不过有一点，刚刚下车伊始的这番表演，让万泮深信，拓箜君应该很懂音乐。因为生活中早就有这样的名句：建筑是凝固的音乐，音乐是流动的建筑。

两者是互通的，一个好建筑师，应该是喜欢甚至热爱音乐的——万浒自己就是这一类的建筑师。

“我们会有共同点的。” 万浒觉得充满期待，看着已经渐渐暗下来的天色，他朝汤副总招招手：“进来吧，进来吧，请客人进来慢慢聊。”

一群人进到了圣格美集团的办公楼里。

大堂正面墙的显示屏上，一组欢迎词红底黄字，分外醒目：

热烈欢迎著名建筑设计师拓箜先生一行莅临指导。

大堂里，灯光明亮，宽敞洁净。亚麻色的花岗岩地面，打蜡养护得锃光瓦亮。镶嵌着公司名字的标志墙，以乳白色的横条大理石排列，一条抛光面，一条拉毛面，相间组合，构图简练。高度统一的完整性里，又不乏微妙变化的情趣。在周边蛋青色玻璃隔墙烘托下，令大堂的空间氛围典雅而灵动，庄谐并举。

“有品位，有格调。” 拓箜君忍不住又赞叹起来，他走到写着欢迎词的显示屏前，冲着万浒说：“浒总，我也不见外了，咱就在这儿留个影吧。”

“好啊好啊。”万汻招呼其他人，“一起来一起来。”

拓篓君主动拉着万汻走到中间位置，对着跑上前来帮大家拍照的大堂保安员说：“小伙子，给我们拍个全身的。”

万汻憋住笑，心想：他这真跟回了自己家一样噢，真的不见外。

听见保安小哥提醒大家“注意啦，都抬起头来”，拓篓君挺了挺身，抬头注意到了天花板，立即又感慨道：“您看您这天花，别人都是竭尽造型之能事，不惜搞成花里胡哨的样子，而您这，就是一整片张拉膜发光顶，简洁到了空的程度！简直像蓝天一样宽旷敞亮舒展——我们现代建筑运动的伟大旗手密斯·凡·德罗说过，少就是多。汻总，您的确是用过心的啊！”

这话，万汻愿意听！说真的，在自己公司办公楼设计上，万汻是用了心血的，就是当时他对设计部要求的：要把自己公司办公楼，设计成对客户展示的样板房！

他接过拓篓君的话头：“说实在的，我们真还是用了点心呢。”他引着拓篓君走到一根柱子旁边，指着同样是用乳白色大理石镶嵌的柱身，“您看，包这根柱子的大理石，本来是一块石头。但我们还是做了基本的处理——从上到下把柱身四面分成若干块大小不等的矩形板，有的做成抛光面，有的做成拉毛面，间隔组合拼贴起来。您看这效果如何？”

拓筌君一边用手摸着柱身，一边点头赞叹：“您这才是设计啊，设计就是要达到这个效果，高贵而不昂贵，简练而不简单，匠心独运啊！”

哈哈哈——万汼仰头笑着，“好啦好啦，拓筌君啊，快请入座，简单一份工作餐，我们边吃边聊。”

01-11

忽然，大堂门外传来一阵喧嚣声。夜色朦胧，隐约看到保安员正在院门口拦着几个人。嘈嘈杂杂的人声中，有人吵着非要见汼总不行。

汤副总看了万汼一眼，转头跟拓筌君表达着歉意：“呵呵，您先请，我一会儿来向您敬酒。”说着快步走出大堂隐在了夜幕中。

……

一桌饭菜已经在圆桌上摆好了。

万汼端起酒杯：“再次欢迎拓筌君。” 说着，和拓筌君的随员逐一碰杯，一边又客气着，“抱歉，还没来得及请教各位尊姓大名呢。” 没等客人回话就又跟拓筌君举杯示意，“来来来，我先干为敬！” 话音未落，脖子一扬，只听“咕咚”的一声，杯酒落肚。

看着万泮这么豪爽，拓筌君欠起身来，端着酒杯浅酌一口：“呵呵，不好意思，我来介绍一下。” 他指指身旁一位墩胖的中年男子，“这是我弟弟，拓钺，就是古代兵器的那个钺。旁边这两位是拓钺的助手。”

“噢！是您的弟弟呀，失敬失敬。”万泮端详一下拓钺，他壮实身材，一脸横肉，略显油腻的头发在后脑勺扎个小鬏鬏。要说这形象，跟他哥真的反差太大了，可还真的跟名字有点吻合呢，像是件好器物。

“这哥儿俩！” 万泮脑子里一闪，觉得有些出乎意料，随口又问，“也是做设计吗？”

“不不，我是做施工的。” 拓钺大大咧咧地答道。

“噢，是吗？不错呀，那跟你哥是一文一武呀！我们也算同行呢，呵呵呵。”

“不敢不敢，您是前辈。我敬您一杯。”说着，拓钺端起酒杯一饮而尽。

“哎呀，拓筌君，难怪您这么有建树呢。” 万泮笑着指指拓筌君杯中剩的半杯酒，边示意他喝完，边送上一句赞美，“这么完美的亲兄弟搭档，上哪儿找啊。”

“过奖啦，过奖啦。”拓筌君端起酒杯主动和万泮碰一碰，“本来呢，我弟也想学设计，后来我的老师提醒我，每个人的才华是不同的，也就是说，天赋是因人而异的，就算是亲兄弟也一样。你明白吧。” 他扭头看一眼拓钺，似乎引发了一些思绪，“其实我老师是在点拨我。”

“噢，此话怎讲？”

“干我们这行的，常见的困扰是有想法，没办法。”

“你是说，有再好的设计，也得有人帮你去落地，是吧？”

“对，正是。我设计，提出构想，然后有人帮我变为真实的精美作品。”拓筌君夹了一筷子菜，送到嘴里，菜进话出，“这么着，我就听了老师的建议，让他学了施工，成了现在的兄弟组合。”

“来来来，这第二杯酒大家端起来，一起敬拓筌君。”万泮现在是发自肺腑的羡慕和钦佩：“遇到一位好老师，真是人生的万幸啊。”

“那是。”拓筌君很有点自豪地说，“我的恩师是京华大学环境艺术学院最了不起的教授。” 说着，也许是酒精起了点作用，他镜片后面炫出一片傲人的神气。

一听到京华大学环艺学院，万汼心头一热：“您是京华大学环艺学院毕业呀，我还在那儿进修了三个月呢。”

万汼忽地想起，那是刚到设计院参加工作不长的时候，一天，院里突然收到国家有关部门发来的一份通知：即将举办全国首届室内装饰设计培训班。举办单位：京华大学建筑学院环境艺术系。

“当时我没在意，因为我正全神贯注于建筑设计，根本不会留心别的。”

万汼眼前一下子闪现出二十好几年前的那一幕：他被叫到总工办，院里的总建筑师跟他说：大汼，院里决定派你去参加这个培训。啊！这太突然了，没一点思想准备呀！他对总建筑师说，我不去，我的建筑设计专业还没做好呢。

总建筑师直截了当：一、你是院里重点培养的年轻人，要服从组织决定；二、我们国家现在还没有系统的室内装饰专业教育，学一学室内装饰设计，对做好一个建筑师大有裨益；三、这次是首届培训，每个省只有一个名额；特别是这次培训的主讲人是业界著名教授汪纬先生，机会难得。

“就这样，我成了国内最早接受室内装饰设计训练的建筑师，也成了汪教授三个月的门徒。”

万泮话音一落，只见拓筌君一下蹦了起来，紧紧抓住他的手，开心得略显失态：“啊！这么说咱俩是师兄弟呀，我就是汪先生的学生呀！师兄！”他直接就把万泮称为“师兄”了。餐桌上的氛围一下子热烈起来。

“我说呢，难怪我一踏进贵公司，就感到有种不一样的感觉。你看这空间构想，你看这处理手法，啊！色调和谐，刚柔相济，文武兼备……哈哈哈原来就是同门师兄弟嘛。”拓筌君越说越有些夸张。

在一旁的廖绅一直没主动敬酒，这下见机行事，马上举杯建议：“各位，快把这第三杯酒举起来，我们为庆贺两位领导欢聚，共同干杯。”

“干杯！”大家喝着彩，一起举向正在为这个突然冒出来的缘分而兴奋的两个同行老板。

待气氛回落，大家都坐稳了，万泮恢复了常态，给拓筌君碗里夹了一筷子菜，虽然是礼节性的，但还是压抑不住由衷的开心：“真是缘分呀。不过我哪儿敢称兄呢，向您学习。”

“哈哈哈，互学，互学。” 拓筌君也是真心相向，“泮总啊，您早已实现设计施工一体化了，我才刚刚搭建了兄弟摊档，不能同日而语，不可同日而语呀！”

见话说到这儿了，万泮收起刚才不加拘束的笑容，脸上留着微微的浅笑，对着拓筌君：“您看，咱是这种关系了，今晚在座的都是各自的核心团队，咱就直白地交流交流，您看好不好？”

“您说，您吩咐。”

“这样。”万泮清了清嗓音，“您是明天招标的这个五星级酒店的总设计师。您知道，中标施工是一回事，有机会跟着您学习，对我们来说，那可是另一回事咯。”

“您说吧，要我怎么配合？”拓筌君很诚恳。

“呵呵，怎能是要您配合？是我想要好好配合您。” 万泮笑着坦陈，“这次这个酒店的装饰施工，我是志在必得。”

万泮看着拓筌君专注的神态，继续他的话：“说到向您学习，那得有个方法。”

“您说……”

“我的习惯是，我们圣格美集团的所有中标项目，都要派设计团队入驻施工现场，从头到尾，全程服务——因为我知道，装饰施工过程中，设计配合有多重要。”

“您太懂管理了！”

“是的，实战出真知。”万泮也不谦虚，“拓筌君，我的意思是，如果我们中标，您在施工过程中正常的设计服务，比如施工图深化、设计修改、变更等等这些活儿，就都交给我们来办吧。”

哦，这可是给我节省了大量人力和精力呀！拓筌君首先想到的，是这样做的商务意义。万泮他应该很清楚，设计公司的主要成本就是人工费呀，这么一来，我不是平白无故增加了很大收益嘛。

“您知道，这样做的好处就是让设计施工无缝对接，从技术层面有效地保障按期、优质实现竣工。所以，您只管交代意图，下达指令，名义上还是您的，具体事情由圣格美来做。”

“这可就太劳您大驾了吧，这哪好意思呀。”

“难得有机缘向您学习，这部分成本也算是我们应该交的学费吧。既然是师兄弟，咱就不客气了。默契配合把项目做好，才是大家的根本利益。”

万泮的口吻，已经是把这事确定了。拓筌君心想，顺水人情，恭敬不如从命，不做白不做。

再说，万泮已经讲明了，这次他是志在必得——这目的性也太强了！醉翁之意吧，不就是想让我利用自己身份的便利条件，帮他中标吗？呵呵，拓筌君心里打着转：花落谁家那可是后话哦——

于是他主动端起酒杯，再次表示感慨：“果然您是做大事的，那就祝我们合作成功！”

“祝合作成功！” 大家呼应着，包间里气氛愈加热烈。推杯换盏之间，忽然门开了：只见汤副总带着冉先生走了进来。

01-12

冉先生的出现，让大家都感到十分意外。

冉先生一进门，全然不管满屋子人的惊愕，就快步走到万汼跟前，指着拓筌君说："汼总啊，我是特意赶过来陪着您接待拓筌君来的。"说着马上又把堆满笑容的脸转过来，"您好啊拓筌君，久违啦。"

"啊，你们认识？" 万汼尽量掩饰着惊讶，瞪大眼看着拓筌君，又看看冉生。

"是啊是啊，多年朋友啦。" 拓筌君答着万汼的话又紧握着冉生早早伸过来的手，"哎呀，真是意料不到的高兴呀，冉生，真是惊喜多多呀，您怎么知道我来了？”

“哈哈，机缘巧合呀。”冉生抬手指指侧旁，“是我助理和泮总助理通电话谈工作，无意中知道您要来公司的。” 助理冼贝小姐微笑着向各位示了个意。

“好啊好啊，真是巧呀。” 万泮虽然觉得意外，仍然不忘主人身份，紧着劲儿招呼：“廖绅，快加两个座让冉生先坐下。” 说着，自己立起身来，往旁边洗手间走去。

汤副总好像知道万泮会过来，正在洗手间前室的洗手盆上洗手的他头也没抬，稍侧过脸对着万泮低声说：“泮总，刚才外面吵闹的那群人还是牛二班组的，还是前年那个工钱的事。”

万泮一愣：“嗯？怎么还没处理妥当吗？”

“本来去年腊月就处理完了，不是怕影响大家过年嘛。”汤副总直起身甩甩手上的水，扭头看一眼包间：“详细情况再跟您汇报吧，反正那帮人已经被我打发走了。”

“好了好了，你快去招呼他们吧。”说着万泮进了洗手间。

汤副总走回到自己的座位，冲着拓篓君端起酒杯：“失礼啦拓篓君，杂事缠身呀！来来，补敬您一杯！”

“客气客气，我们这行当，天天都这样。”拓篓君的脸已经有些微红，笑着抿了一口，“理解，理解。”

“不怕您见笑。”汤副总又斟满一杯，邀请拓钺和他的助手们，“各位来，我先干为敬。”放下酒杯又对满桌的人吐苦水，“没有一天消停呀，咱这行当，是越来越难做了啊。”

“嗨呀，”冉生在一旁插嘴，“人工费天天涨，材料费天天涨，可是甲方给的造价却天天往下压，这工程还怎么做嘛！”

“这不是逼着我们也打价格战嘛！”廖绅也在一旁火上浇油。

从洗手间出来的万泮，见一桌迎客的饭局，一会儿工夫变成了诉苦会，有些不开心。

他坐回座位一边听着众人你一言我一语，一边思忖着，我们圣格美可是天天在向客户宣讲呀：品质永远第一。这不只是一个信念，这就是我们的行为本身。特别是，决不能为了抢工期，而牺牲品质；更不能为了压价钱，去偷工减料伤害品质，这可是我们圣格美集团的立身之本呀！想到这儿，他侧过身子：“拓箜君啊，大家这么说来说去的，您对这愈演愈烈的价格战，有何高见吗？”

拓箜君嘴角流过一丝无奈：“说实在的，搞市场经济，这都是在所难免的。”

“在所难免，”万汼也是一丝苦笑，“可我们圣格美这些年来，之所以有一批大客户紧紧追随着我们，连续多年把重要项目托付给我们，就是看准了我们坚守品质的信念和能力啊。”他的手指点点桌子，“可是现在，价格战都快白刃化了。‘没有最低，只有更低’，都成了行业流行语，悲哀呀。”万汼微垂下头，有些自言自语的样子，“说实在的，我都不知道现在还能依靠什么，来支撑我们坚守多年的信念。”

很少见到万汼有这种消极情绪，众人无言以对。

须臾，万汼又问拓筌君：“听说，已经确定明天的商务标要搞二次报价？”

见拓筌君的嘴在呢喃却不出声，万汼的口气显出发自肺腑的真诚：“我知道您是评标委员会的技术顾问，只是想求得您的一点儿指导。”

拓筌君面无表情，他感觉自己的酒已经够量了，尽量克制着语速：“据我的理解，”他轻声强调，“汼总，这只是我个人的理解，明天不只是二次报价的竞争，有可能在付款方式方面，也有要求。”

“什么要求，是没有预付款吗？”汤副总有些急不可耐。

“没有预付款还不要紧，我们这些年也适应这种苛刻条件了，首先我们有比较充足的生产流动资金储备。当然，我们的资信度高，还有银行支持。”万泮又显出了他的自信。

“当然，我是非常仰慕您，美酒也喝多了两口，所以才说点不该说的话。”拓筌君环顾一周，眼神凝重，“估计还不只是没有预付款，有可能提出垫资要求。”

“啊！”汤副总和廖绅都忍不住惊叫起来，尽管他俩使劲压着嗓音，“这，这……”

“这是要逼着我们提前放弃投标吗？”万泮脸色明显地阴了下来，“是让我们知难而退，弃标吗？”

“泮总，我们不能弃标。” 廖绅忍不住站了起来。万泮瞪他一眼，廖绅一屁股坐回椅子上，看看汤副总，又看看冉生，“各位领导，我们凭啥弃标？”

“谁说弃标啦？”汤副总不耐烦地嫌睨一眼廖绅。

“是啊，”半天不吭气的冉生弱弱地叹一声，“虽说不能轻言放弃，但我们知道，这座五星级酒店的开发商是我们鹏湾市数一数二的两家地产商组成的联合体，他们两家的一贯作风我们是知道的。”

此话不说也罢，一说出口，一下子提醒了万泮：“冉生，你说的这两家，那牵头的是不是就是两年前来我们圣格美集团考察过的？也是为了一座五星级酒店装修投标的事？”

“正是。由于此次是以联合体名义出现，所以我们刚刚知道背后有他家。”

“哦，是这样啊……”

当时的情形忽地闪现在万泮脑中。

记得那天是甲方的总裁亲自带队来圣格美集团考察的，毕竟是成功的开发商，总裁自带几分盛气，身后跟着设计、施工、材料采供、成本控制、安全生产……有十几个部门的经理，可见其重视程度。

待双方各自介绍了团队成员后，那位不拘礼仪的总裁开门见山：“贵公司的口碑我们很了解，贵公司的业绩我们也很熟悉，多次考察过你们已完成的同类项目，对你们在精装修领域的突出成就印象深刻。所以——”他迎着万泮一直对着他的专注且谦虚的目光，好像是以传达上级会议精神的口吻，“其他环节我们就一概免了，今天就一件事。”

“请说。”万汼的语气和目光一样，流露着不卑不亢的谦虚。

“那就是要在正式签署合同之前，提前完成标准客房样板房。”

“这个正常，没问题。”

“不只如此，还需要完成一段客房走廊、餐厅小包间、KTV小包间、标准会议室等等这样几个样板房。”

万汼从左到右看了一下自己的团队成员，心里有些烦：现在的开发商越来越过分了！但脸上依然是自若的神态：“这么一来我们的前期投入可是非常之大呀！”

“没有这种实力，是不会进入我们视野的。”总裁的盛气又提高了几分。

“这么说来，只要完成这些样板房，就可以得到贵司的正式委托吗？”

“嗯嗯，可以这样理解。” 对方总裁抬起手来，伸出一个指头，“还有一层意思，就是前面说的所有样板房验收合格后，就具备了承接我司这个五星级酒店的技术资格。但要正式签署合同，还要满足我司的商务条件。”

万汼静静地等着下文。

“那就是，没有预付款，完成实际进度百分之二十之后，开始支付进度款，六个月完工。”

“嗯，明白了。” 万泮尽力压着心里升起的那股气，眼光变得有些冷峻，但口气还是照样的平缓，“很抱歉，您说的这些条件，已经很不符合圣格美的企业性质了。”

“这和企业性质有啥子关系嘛？”对方没料到被万泮用这种说辞怼了一下，一着急话语中带出了点口音。

“我们是专做精品工程的装饰企业，不是放贷款的银行。”万泮正视着对方，一板一眼地说，“我们是靠做精品项目服务社会的，而不是靠放贷款赚利息的。”

见对方怔在了那里，万泮接着说：“明白吧，老总，完成百分之二十之后才开始付款，这可是变相的垫资工程呀！您知道我们要垫多少资金吗？我们不做垫资工程，这也是国家三令五申不允许的。”

“呵呵，您言重了吧，我们怎么会违反国家规定呢？”对方提高了嗓门，“跟你们说吧，这条件也只是看在你们圣格美集团的面子上，我司才给的最优惠条件，有些公司，倒给我们百分之十的履约保证金，我们都不干呢！” 对方的口气有点儿轻蔑。

一旁闷了好久的汤副总实在憋不住了，脖子往前一横：“别拿其他人跟我们比，小鸡不尿尿，各有各的道！”

“别乱讲。”万泮朝汤副总摆一下手，他心里忽然想明白了：市场就是如此，你不干，有的是人干。

“这样好吗？我们互相体谅一下对方。”万泮又变回泰然自若的面容，“因为是第一次合作，我们还是尽量尊重贵司吧。预付款可以不收，但每月的进度款要按期支付，不能低于实际完成量的百分之八十。”

对方果然是老手，意识到这是一个商务谈判的台阶，于是见好就收地回应，“泮总是干大事的嘛！我看，我们今天就初步达成这样的共识吧，我立即汇报我司董事会。”

考察会谈就这样结束了。后来，项目是拿回来了，但过程的艰辛一言难尽，只有经历者才知晓。对万泮和圣格美集团来说，那次的经历，太刻骨铭心了。

……

万泮收回了思绪，看看围在酒桌上的人，真诚地把手伸向拓筌君：“非常感谢您，这么重要的信息，对我们决策的支持太大了！”

“哪里哪里，应该的。”

“今晚耽误您太多时间了，再次感谢。”说着，万泮招呼众人起身，簇拥着拓筌君和拓钺哥儿俩，出来大堂朝前院停车场走去。

汤副总跑前几步，拉开了车门。

拓筌君站在车门前，向来送别的冉生伸出手：“再会。”两人似乎心照不宣，没再多说什么。

拓筌君再向万泮挥挥手：“祝您成功。” 黑色“奔驰”驶出院子，马达声很快消失在鹏湾市夜晚的喧闹之中。

01-13

“汴总，快上会议室吧，我们那几位还在等着咱开会呢。”汤副总紧催着万汴，指指他的腕表，“您看看几点啦，得抓紧呀。”说罢招呼廖绅，一起向二楼会议室快步走去。

万汴抬手一看，都八点半了，快！

忽然，大堂访客休息区的沙发上冒出一个人来：“汴总，您可要帮帮我呀。”

啊，这不是牛二吗？

“你小子怎么又在这儿？” 汤副总被突然冒出来的牛二吓了一跳，“刚才不是跟你讲好了吗，又来捣什么乱。”

“我，我……我不是，”牛二让汤副总一通呵斥，弄得不知该怎么说才好，“汼总，我是实在没办法呀，我今晚必须见见您。”

“没见汼总还要开会吗，有啥事跟我说不行吗？”汤副总还是挡在前面，不想让牛二纠缠万汼。

其实，这个牛二还真不是个捣乱的人。万汼向牛二走近两步，手掌朝下压一压，示意他不必着急。

万汼之所以对这个牛二有深刻印象，就是在前年那个最严苛的五星级酒店工地上，两人有过交集。

当时，那家开发商盲目确定工期目标，在自己的各种条件都不具备的情况下，为了抢进度，一味地逼迫大家齐头并进，结果搅乱了正常的工作秩序，导致总包、监理和七八家其他专业的服务商在工地上乱作一团。

这是圣格美集团成立以来面临的最严峻挑战。

“幸亏我当过兵，接受过面临生死挑战的最严酷训练。”万汼一看这种局面，坚强的心理素养和冷静的头脑，令他当机立断：必须拿出带兵打仗的手段不可了。

他马上主动协助项目监理和总承包单位，参与组织工地例会，配合解决各个专业遇到的所有问题。“不是总包，胜似总包”的经营理念，就是那个时候产生和成熟的。

对自己公司的施工团队，他在工地上组织开展了“创优竞先”有奖竞赛。每天早晨开工前的班前会，每晚收工时的小结会，晚饭后项目部的总结评比会，让每一个施工小组时时刻刻都非常明确自己的施工任务和创优标准。创精品，争先进，每天一次优良评比，每周一次标兵表扬，每月一次功臣嘉奖，有效的奖励机制激发了所有人的工作热情，工地上很快出现了全新的局面。

就是在这次竞赛活动中，牛二班组连续两个月夺得功臣嘉奖，他的彩色大照片贴在了工地宣传橱窗里。

颁奖那天，公司特意把获奖人员的家属也请到了工地现场。牛二第一次见到万泮。

他听见主持人说，一会儿泮总要亲自给自己颁奖，忍不住就开始激动起来了。当万泮把大红花挂在牛二胸前，拍拍他的肩头说：“牛二，你小子挺牛啊！”他高兴地大喊，“谢谢老板，谢谢泮总。” 一边谢着一边又从万泮手里接过来两个大红包，一个是发给他班组的集体奖金八百元，一个是发给他个人的奖金二百元。

这下牛二更高兴啦，手举两个大红包，转身朝着台下工人们喊：“弟兄们，感谢老板。还是我们老板牛啊！你们知道吗，我们老板是带水的牛，有水才有财，我们要跟老板发大财！哈哈……”他喊着，笑着，眼里一闪一闪地滚着泪花。

有趣的是，第二天一大早的班前会，牛二冲到项目经理前面，手里举着他昨天得到的那个二百元红包，两眼红彤彤的，对着工人们喊：“弟兄们，不怕你们笑话，昨晚我把红包交给老婆的时候，我老婆抱着我，一晚上哭得没完没了。”

哗……工人们一片大笑：二百元就哭成个这样呀！

“不是，不是。”牛二紧着制止大家，留着寸头的圆脑袋发了红，厚厚的胸脯一起一伏，声调有点哽咽：“我老婆说，看到橱窗里我的大照片，看到我戴着大红花，感觉跟着我没跟错。她说第一次有了骄傲的感觉，第一次有了做人的尊严。”牛二挥挥手里的红包，“我老婆说了，拿去，请你的兄弟们喝酒去。”

这个事情很快传到了万泮耳朵里。是的，万泮明白：他们刚刚从田里出来，腿上的泥巴还没干透，就都卷进了都市建设的劳工大潮。一切精品都是他们在创造，一切精彩也会由他们来呈献。他们需要的，只不过是对生活的基本保障和得到做人的基本尊严。

今晚，眼前的牛二眼角耷拉着，面色可是没一点光彩。

“牛二，有啥事你说。”

听万泮这么一说，牛二反而不知该怎么开口，嗫嗫着说不出个连串的话。

“你就说事，其他别管。”万泮安抚他一句。

“老板，实在没办法啦，我不该来打扰您。”他看一眼万泮，又看一眼汤副总，“泮总，去年的工钱腊月就算清了，可到现在也没有全部兑付。”

“嗯，为什么？”万泮觉得有点意外。

“我哪儿知道为甚呀？”牛二愁眉苦脸地诉说着，“主要是娃儿们开学一个多月了，我下面好几个工人到现在都给娃儿交不上学费，你说要把娃儿们的功课耽误了可咋办呀？”

“泮总，您让公司先借给我几个行不？”牛二的话不像是在现编故事。

万泮的牙关咬了一下，刚才晚宴喝的那三两酒，感觉直往头上冲："你先回去吧牛二，这个事明天上午就解决。"说罢，万汼朝汤副总一扬头，"走，上去开会。"

会议室里，廖绅已经进来了。工程总监、成本部总监、材料部总监都已经到位，听他们叽叽喳喳的样子，应该是把汤副总布置的议题商议得差不多了。

万汼没吭气，拿出手机给助理若谷发了一条微信：立即从各方面调查清楚，牛二班组去年年底的工钱为啥至今没有发放完毕，明天中午下班前给我答案。

01-14

“各位安静。”汤副总环顾了一下会议室里的几位，“我们抓紧时间吧，情况已经比较清楚了，看来，明天的投标最终还是一场价格战。”他看了万泮一眼又接着说，“刚才在下面，泮总虽然不方便阐明我们的态度，但的确不能排除有的公司会临时再提出超出想象的优惠条件。这样一来，现场就会出现更为激烈的竞争态势。”

“那是一定会出现的。”廖绅插了一句。

“对。”汤副总瞟他一眼，“其实，我们就需要讨论两点，一是我们的利润率要确定多少，这决定了我们的总报价；二是，如果我们的总报价不变动，那么每个月的进度款，我们要求甲方支付多少。”

“当然，明天会有二次竞价，所以我们也得给自己留下让步的空间。”汤副总一口气把他要说的都说明白了，他懂得掌控会议进程，这也是他多年辅佐万汴管理公司养成的习惯。

“这样吧，”成本部总监开口了，其实他早就想先说几句的，他知道参加汴总亲自主持的会议，必须十分讲究效率：“汴总，汤副总，我把我和工程总监这两天搜集梳理的一些基本情况给领导汇报一下。”

“我说你补充。”他跟旁边的工程总监点下头就介绍开来，“我们大致了解了这次入围的二十多家公司，真正对我们构成威胁的是我们鹏湾市的这几家大牌公司。外地入围的公司，特别是京华市的两家公司，从公开信息了解，他们也是极具实力的。”

“能判断他们的战术打法吗？”万汴脑子里，商场就是战场。

“这正是我要汇报的。”

“你说。”

“汴总，根据这两年的装饰行业招投标信息统计，没有预付款已经是新常态，我们这次不要有任何奢望，这是其一；其二，每月的进度款如果能收到百分之八十，那就是非常优厚的条件，那就真的谢天谢地了。”

“这我知道。”

“我们的建议是不要预付款，每月进度款只收实际完成工程量的百分之七十五。”

“你看呢？”万泮侧向汤副总。

“坦率讲，这个条件目前也不具备明显的竞争优势。那我问问，”汤副总又转向成本部总监，“我们的利润率确定多少？”

“不能超过百分之十，最高控制在百分之九。”成本部总监看一眼工程总监：“我俩建议，如果进入二次竞标，我们再把利润率压到百分之八，进度款压到每月只收百分之七十。”

“你们觉得这样一来，我们还有钱可赚吗？”万泮的脸色越来越暗。

“那就看我们进场开工之后了，看我们在施工过程中怎么运营管理了。”一直旁听的工程总监一张口，就说到了点子上。

的确，眼下整个行业的实际情况，就是这样：竭尽公司承受力，尽可能低价中标，哪怕是成本价，也要先中标——中标为王！中了标之后，才有可能在漫长的施工过程中，通过设计优化变更，通过材料置换变更，更多的是通过自身的能力，精细化管理，严格控制成本，用好一钉一沙，最终求得效益。

唉……难呀！万汼一拳砸在会议桌上："这就是挑战，我们要的是夺下这个地标建筑，获取这个项目的品牌效益。"

"是呀，就这个五星级酒店来说，品牌效益对我们也许更有价值，特别是我们圣格美装饰集团发展到今天这个阶段，太需要一个新的足够震撼力的优质大作品助推我们再攀新高峰了。"

汤副总及时控制会议节奏，同时克制着自己略显激动的情绪。他习惯性地把银色宽框的近视眼镜摘下来，又一次环视几位："就这样吧，这次是新挑战，更是新机遇，我们就先同意你俩的这个建议，按这个原则往下走吧。"

看着大家默认的神态，他转头请示万汼："汼总，您看，是不是请您把我们这几个人的具体分工再明确一下？我们一会儿就按明天的投标流程，要仔细地进行下推演呢。"

“嗯，好……”万汼刚要张口，面前的手机“嘟嘟嘟”地响了，屏幕显示“冉生”。

万汼抬手示意大家安静，摁下接听键：“冉生啊，怎么刚分手就又有话要说呀，呵呵呵。”

“是啊是啊。”那边语气比较急促，“汼总啊，我是跟您建议，也是跟您商量，我的意思是——”

见冉生有些急不择言，万汼放低声音说：“不急，不妨直说……”

“汼总，我的意思是，根据我的经验，明天的招标会上，一定会有几个公司要表明垫资的意愿。”

“噢，你的经验，这么肯定？”

“是啊，一定会有人抛出这一招的。”

“哎，等等”，万汼听见冉生说的是这个问题，马上一转念，“冉生啊，正好我和汤副总几个在开会，就是在商议明天投标的事。这样，我们大家一起商量好吧。”

不等冉生回答，万汼就把手机转为“免提”状态。

电话里传出冉生的港味儿普通话：“好啊好啊，其实很简单，汼总啊，我知道您一贯反对做垫资工程，我也知道公司的资金压力非常之大，所以，我跟您协商……”

冉生说到这儿，似乎是在等着万泮的回应，见没动静，就又说：“我跟您协商……”

“说吧，听着呢。”

“是这样，我跟您承诺，如果明天投标会上出现了有人抛出愿意垫资的意愿时，我们一定不要放弃。我的意思是，我们也可以垫资。”

“嗯，怎么垫？”

“这就是我的承诺，由我个人来承担这部分垫资。” 听口气挺果断。

嗯，这个冉生，啥意思，怎么这时候突然冒出这么个主意？万泮的脑子飞快地转着——

噢，明白啦，冉生本来就是个很有钱的商人呀。当初接受冉生加盟圣格美集团成为合伙人，就是因为那年圣格美遇到了空前危机，业务惨淡，债务累累，几乎濒临破产边缘。恰是那个时候，已经交往很久的冉生提出，可以为公司提供现金支持，条件是，用现金入股圣格美集团。

万泮的心，被脑子里闪出的这一幕撕了一下——是啊，当时要不是由于公司到了山穷水尽的地步，怎么也舍不得以极低的估值，把股份贱卖给他人呀。我万泮不是小人，不能把别人的善意看作是乘人之危，可当时的实际情况就是这样严峻，现金支持对公司是何等重要啊！

就这样，万泮接受冉生成了圣格美集团的二股东，虽然占的股份比例很小，但人家却是实实在在拎着现金来入股的。

真是在商言商呀，这方面还是冉生这位港商高明啊！万泮是发自肺腑地感慨：看人家，既能作为股东分取公司的红利；又在后面给自己的公司供应装修材料，赚自己公司的钱；还会把握时机，在关键时刻借贷给自己的公司工程周转资金，赚取借贷利息；还有更高妙之处呢：同时又表达了一个股东对自己公司雪中送炭式的鼎力支持——一手收钱，一手收人情，真是精明啊！

哦，难怪！万泮忽地反应过来了：原来今晚冉生突然来公司，出现在接待拓篓君的宴席上，其实是专程过来想和我商量这事的，只是看到了有客人在场，才虚与委蛇了一通回避开了。唉，老道啊！他是早就有所谋划呀，有经验啊，所以刚才说出最后这句话的时候，才显得那么地果断。

“好啦好啦，冉生，就算我们口头约定了。”万泮很快接上了冉生的话，“谢谢你的支持，我们正在研究明天的投标对策，等中了标，我们回头再协商你的垫资需要出多少，怎么使用，以及相关报酬。”

“呵呵，哪里哪里，这是我应该的。那你们先忙。”

万泮手机里立马传来对方已挂机的“嘟嘟”声。汤副总和廖绅他们几位面面相觑。

“不早啦，我接着说。” 万泮的注意力已经迅速地转回到了会议桌上，“为了加倍重视这个项目，这次就派工程总监直接担任项目经理，全程负责。”万泮严肃地说。

“是。” 工程总监胸膛一挺。

“材料部总监直接负责本项目所有材料的采购供应，包括甲方供应的材料，你也要全程协助选样，协助监控加工。”

“是。”材料部总监干练地回答。

“特别是材料分类、包装、配送，要严格按我们行之有效的程序，准确及时送达施工面。”

“明白。”

“廖绅，你还是负责全方位协调，要特别注意和本次招投标有关的各种外围信息。” 万泮特意叮嘱了一句。

“您放心。” 廖绅明白泮总的深意。

“汤副总，这次要辛苦你了。” 万泮看着他这位多年的左膀右臂，他坚信他的专业能力，更信赖他的职业操守：“这次，就请你挂帅，亲自担任这个项目的总指挥。”

01-15

万泮回到了自己的办公室。

他往沙发上一靠，长吁了一口气，感觉浑身的筋骨有所放松。这一下午，就跟打仗似的，连口水都没顾上喝！他伸手端起茶几上的玻璃大茶杯——

“咦，怎么是热的？”

哦，一定是助理若谷又来加班了。

他没再多想，端起茶杯揭开茶杯盖呷了一口，习惯性地含进嘴里，在上下牙缝间来回吮吸了几遍，一股绿茶的清香顿时沁入大脑皮层。

万泮站起身来，走到落地玻璃前推开窗扇，和煦的春风扑面而来。惊蛰刚过，夜空的深处似乎还能听到沉沉的春雷声，像是交响乐队里的低音鼓，和院子外面马路上尖利的汽车鸣笛声交织在了一起。两者之间不同音色的反差，高低音的对比，远近声源形成的空间层次感，共同谱就了一首独特而奇妙的都市夜曲，虽然牵强，倒也和谐，安神。

万泮深深地吸了一口窗外飘进来的新鲜空气。这个季节，晚风都带着海面上的湿润气息，温和、柔软，这让万泮疲惫的身心略感舒缓。他凝神眝视着窗外，远处鳞次栉比的高楼大厦，在夜空中闪烁着五彩缤纷的霓虹灯光。片刻，他感到眼睛有点儿酸胀，就转身离开窗户，走回到了办公台前，想梳理一下接下来的工作思路。

笃、笃、笃……有人叩门。

听着熟悉的叩门声，万泮以为是若谷，转身过去开门一看，是廖绅，他已经侧身挤了进来。

“泮总，您看。”廖绅把自己的手机举到万泮眼前。

手机屏幕显示的微信对话：“能请你老板过来吗？梁处在这儿，凤鸣 KTV。”

“什么意思？”

“这位是市质量监督站的邵工，他和梁处在一起，想请您过去坐坐。”

“梁处？”

“是啊，您很熟的，就那个市建工局的梁处长啊。”

噢！万泮对上号了——是他呀。

这个梁处是万泮早几年认识的，那时候他还是个副处长，虽然手里掌管着一定的业务职能，即所谓实权，但展示在人们面前的，总是一副为人谦和、低调的姿态。可在谦和低调的面具后面，其实他还遮掩了一个不太为人所知的偏爱——有副乐于助人、广结善缘的热心肠。

之所以说他是偏爱，是因为这位梁处在他的业余时间里，有事没事总喜欢和个别装饰公司老板，甚或是一些有实力的包工头交往相处。他和这些人常常聚在一起，在谈笑风生之间，筹光交错之际，漫不经心地聊起一些信息：哪家开发商要建大酒店了，哪家开发商要搞大型购物中心了，又有哪家开发商要做城市综合体了……过两天又会换个话题：哪个项目的招投标是谁在做评委会主任，哪几位专家要去给哪个项目做招标评委了……

一来二去的，自然有一些老板和包工头，围着梁处这儿兜圈子兜久了，多少都因为这些信息点拨受到了点儿益处。更有特别讲究务实的，则刻意请求梁处给予后期运作指导，时间一长，业界就有了传说：梁处，够哥们儿，靠谱！

这年头出来混，哪个都不缺心眼。大家都晓得知恩图报，把个梁处也供奉得滋润滋润的。

“嗨，看我这个人，人家升处长有大半年了吧？我都没去拜访过人家。”万泮又瞅了一眼廖绅的手机，“那现在怎么办，要我们两手空空过去吗？”

“泮总。”廖绅有点犯急，“邵工说，梁处下午就联系过您，您看看微信。”

“噢？”万泮赶紧打开自己的手机微信一看，果不其然，下午五点多的时候梁处来过微信：泮老板，方便的话晚上一起吃个便餐？如没空，饭后再联系，梁。

“泮总，我去跟汤副总他们打个招呼，然后陪您去吧。不就是过去把 KTV 的消费买了单嘛。”廖绅说着，转身往会议室走去。

这个梁处此时冒出来可真是他的秉性呀！万泮心里琢磨着：醉翁之意不在酒，他的这副热心肠呀，难怪他能升官发财……呵呵！

公司的司机们早就下班了，廖绅开着万泮的座驾，两人一路朝着凤鸣 KTV 驶去。

都夜里九点半了，鹏湾市的夜生活才刚刚开始。大街小巷车水马龙，川流不息。街边各色小店里，红男绿女熙来攘往，摩肩接踵。

万泮想在车上丢个盹儿，可梁处的影子总在脑子里一闪一现，挥之不去。

“廖绅，”

“嗯？”晚上小街巷里横穿马路的年轻人多，廖绅稳稳地把着方向盘，没敢回头。

“你还记得不？应该是去年吧，梁处给咱们公司介绍过一个大项目？”

“是的。”

“当时怎么答谢他的？好像是让你去给他送了一个大红包。”

“是的。但也不算啥大红包，就是包了几万块茶水钱。”

万泮有个习惯，也是他的原则——除了重要客户或行业领导需要接待，还有自己的战友朋友同学来访，他会亲自宴请。如果是要赠送礼品尤其是送红包，一概交由廖绅办理。他自己从不沾手钱财——他总想在生意场上守护一份贞洁，虽然，他也觉得很虚，很装，很幼稚。

“那次的红包也不是直接送给梁处的，也是交给邵工转给梁处的。”廖绅补充着，尽量想帮万泮回忆起当时的情况，“很长时间了，梁处的事都是邵工负责办理，包括今天下午约见您。”

“噢？这么信任他啊。”

“是呀，所以我才刻意要和邵工搞这么熟嘛。”

嗯，这么说来，邵工是梁处的“防火墙”吧——万泮再没作声。

他抬起手来看看腕表，差十分钟就十点了。他向车窗外瞄了一眼，看着熟悉的建筑物，估计十点前应该可以到达歌厅。还有点空闲，他顺手摸出来手机，一整天了，都没空仔细浏览一下。刚一打开就“嘟嘟嘟……”蹦出来一串未读微信，结果，冉生特意发给他的两条微信，赫然映入眼帘：

“汴总：晚餐桌上人多嘴杂不能说，我特意问您一句：我们要不要围标？”

“汴总：请尽快答复。”

万汴一看就火了：这个老糊涂！

他连答复的心思都没有。

这个问题公司有过反复强调，核心管理层无人不知无人不晓。且不说国家相关部门有严明的法律规定，三令五申不准在工程建设招投标过程中围标串标。就是我们圣格美自己，也要为自己企业的荣耀负责啊，决不能知法违法。

一家优秀企业，不只是技术领先，业绩卓然，更要具备优良的商业品德，要懂得自律。我们才不干这些个鸡鸣狗盗的龌龊事呢，这是我们圣格美的立身之本！

万汴把手机一关，用无言回复了他最为反感的这个问题和提出这个问题的人。

01-16

凤鸣 KTV 坐落在鹏湾市的中心商务区 CBD，是鹏湾市最高档也是最火爆的歌厅。这类夜场，在鹏湾市这样新兴的商业都市里，似乎是都市经济生活的衍生物，其实也可以说就是经济生活的一部分，而且是密不可分的一部分。

每当夜幕降临，酒足饭饱之后，这里就陆陆续续迎来了八方好友，各地嘉宾。有些人喜欢这儿，大都是享受它独特的环境气氛，浪漫到可以恣意放纵，开放得足够隐私。无论大款土豪，还是文人雅士；也有达官显贵，更多三教九流，夜夜聚于此处，笙歌鼎沸，掷骰流殇，十足的一派浮华众生相。

邵工已在大堂迎候，拉着廖绅向万汫点了个头算是致意。他这类人深谙此道：老板不主动，他是不会贸然跟老板套近乎的，没说什么就径直把二人带到了VIP-8号房。

一进包房，炫光灯缤纷迷幻，烟雾缭绕中看见两个摇摇晃晃站着的身影：一位娇小的女孩偎在梁处臂膀，一手搭在他肩上，一手拿着麦（克风），嗲声嗲气正唱着：

“都怨你，说好要走了，又咬着我耳朵一通乱说……”

“啊哈哈，都怨哥，憋不住的嘴就那么一哆嗦……”

梁处的歌喉不着调，五音不全，估计没少喝，这边拿着“麦”，那边还举着一扎生啤，脚下有点晃，往嘴里倒了一口，已经错开了女孩上一句的节奏：“承诺，承……诺……”

他躲开中间的歌词，赶着往前抢了一两拍：

“如果明天的我，还是……我……”

“哈哈哈，梁处啊！”

到了这种场所，大家都不装了。万汫大笑着走近梁处。

还是邵工机灵，抢前一步：“梁处，汫总到了。”

“哦，哈哈，失礼失礼。”梁处猛一扭头，灯光下冒着油腻的脸庞泛着紫光，“汫总啊，我献丑啦，哈哈哈！”他把女孩的手一甩，热情地拉着万汼坐回到沙发上，顺手拿过满满一扎生啤塞到万汼手里：“来来来，难得一见，先干它一杯！”说着“咕咚咕咚”一口气，自己的一扎先下了肚。

这还有啥好说的。万汼觉得梁处有意在气势上压他一头，拿起扎啤举过头顶：“梁处，是我失礼啦，敬您一杯！”

说着，也一口气倒进了肚。

“你们一边唱去，我俩老朋友说几句话。”梁处是办实事的人，立马就支开了两个年轻人和那几个女孩。

万汼直视着梁处，紧握着他一只手，他没有理会梁处要跟他说什么话，往他脸前又送过去一扎生啤：“梁处啊，实在是抱歉，我早该去拜访您的。”

这话说得是很诚恳，他这会儿心里真的有点自责：像梁处这样在政府部门掌有一定职能的人，有人想巴结都巴结不上，我怎么轻易冷落人家呢。

倒是梁处显得很大度：“哎呀客气啥呀，我知道，像汼总您这样的大老板，哪有多少空闲时间呀。”

看看人家梁处，这情商，多善体人意呀！万汼心里不由得对梁处生出几分敬意。想起去年公司得到梁处帮助后，自己没有当面致谢，更觉得有了几分歉疚。

眼下，可不能拿什么工作太忙，竞争激烈，民营公司压力山大……这些人所共知的事情来当说辞了，这样不是让人觉得自己小气吗？至少是在搪塞，没有诚意。

“这样，梁处，您支持了我，我都记在了心里。”万汼摆出了十二分的诚恳，“咱啥都不说了，今天是您召见我，有何吩咐，请您只管交代。”

“汼总，咱不是外人，尽管没有深交，但我仰慕已久。”

“不敢。”

“不必客气。”

梁处的话，听起来很客气，但实际上他总是占据上风口，还是让人感到有一股居高临下的气势。他顿了一下：

“虽然我不具体过问我市装饰行业的事，但我有所耳闻，汼总您不愧是一位我们鹏湾市装饰行业这些年来崭露头角的优秀民营企业家。”

万汼耳朵里“嗡”了一声，旁边廖绅正陪着邵工和两个女孩玩骰盅，扣在茶几上“啪啪”作响。还有一个女孩独自在唱歌，咿咿呜呜不知唱着些啥调儿，一片嘈杂。

万泮觉得自己没听清，主要是一下子吃不透梁处这话里话外的意思。干吗要这么捧我？今晚他约我来不会就是为了当面夸奖我几句吧。可这也不像是在调侃呀，今晚的主题究竟是啥呢？

不管咋说，万泮又拎了一扎生啤站起来，也递给梁处一扎：“您这可太夸奖我了吧，不敢当，不敢当呀。”说着和梁处碰了一下，一扬脖子咕嘟了进去。

万泮觉得脚下有点飘了，坐回到沙发上，拉着梁处的手，尽可能地把嘴巴凑在梁处耳边：“梁处，您说吧，需要我做些什么。”

梁处正了正身体，很温和地跟万泮说：“泮总啊，不是要您为我做什么，而是我想为您做点什么。”说着呵呵呵地笑了起来。

看着万泮越发迷茫的神态，梁处也不绕弯子了：

“是这样，五一劳动节就快到了，还有四十来天吧。”

“噢，您是不是想在小长假里出去转悠转悠？”

不等梁处吭气，万泮紧接着说：“好啊，最好把夫人带上，我安排您到我们圣格美刚刚完成不久的两处旅游酒店考察指导一趟。”

“呵呵，我可没那个福分呀。”梁处摆摆手打断万泮的话，依旧一副温和的口吻，不过声音稍微压低了点儿：

“是这样，这个五一劳动节，我们想表彰一批最近十年来，在我们建筑业里，对鹏湾市的城市建设发展做出突出贡献的企业家和劳动模范。”

看着万汼几乎凝固的表情，梁处也收拢了笑容：“特别是装饰行业。”他把扎啤杯放下，郑重其事地说，“我们鹏湾市是中国装饰行业的发祥地，装饰行业可是我们鹏湾市的一张名片啊。而您，我仔细了解过，我认为应该被推举为装饰行业十年来的风云人物。”

万汼的脑子好像停止了转动，他不再觉得梁处是在开玩笑。倏忽之间，他又突然感到头脑格外地清晰冷静起来。他让自己两颊的肌肉尽可能放松，嘴角往上翘了翘：

“您认为我够资格吗？”

“够，当之无愧。”梁处的手推了推后面蹭上来想拉他跳舞的女孩，头都不回地拍了一下她的屁股：“去去。”

“当然够资格，所以我才要推荐您。”

万汼明白了，这就是所谓的“将欲取之，必先予之”嘛，先给我画张饼，然后等着我为他去炖块肉。梁处现在是等着我张口求他呢，他不会离开上风口。投桃报李，看来，我万泮必须亲自做一次了。

他觉得身上酒气越来越重，借着心里涌起的冲动，把整个脸抵近了梁处：“如果我够资格，如果我圣格美集团够资格，梁处，” 万泮用两只手握紧对方，并不担心对方讨嫌他嘴里喷出来的酒气：“风云不风云的，看明天吧。明天这个大标，仰仗您鼎力支持了！”

梁处沉吟不语。

“我知道，专家评审组的组长和几位主要专家，都是您的老朋友。”说完这话万泮又有些后悔，觉得不该戳破这层纸。

“算是朋友吧，但我也不能左右别人呀。” 梁处不松口，但听起来也实事求是。

“再说，我们是最能打硬仗的，最能打攻坚战的，这您最清楚了吧。”

这倒是真的，万泮这话不是吹牛。梁处心里明白，就冲这点来说，的确，像这样地标性的大酒店，这样极具挑战性的精品装修工程，真是，万泮和他率领的圣格美集团，是最有实力承担的，也是最让人放心的。

去年的情景还历历在目，正是冲着这点，梁处去年才力主推荐圣格美集团承接市交通指挥中心装修改造工程。因为要举办空前的全球数字经济论坛暨交流交易大会，鹏湾市要进行全市交通道路系统性改造，而交通指挥中心改造是其中的枢纽性工程。当时论坛召开的筹备工作已全面进入倒计时，而留给装修施工的时间却不足三个月了，十万火急！

这种情况下，梁处冒着个人风险，积极建议市政府用邀请议标的特殊方式，把这个艰巨任务交给了圣格美集团。

后来的事实证明，万泮的圣格美集团没有辜负政府的信赖，市领导给予大力表彰。当然，这是给梁处长了脸。

万泮感觉，现在必须要给梁处一个实质性承诺了，虽然，这有悖于自己坚守多年的原则。

他还是先又恭维了一句："您的影响力谁不知道呀。"然后憋足了劲，吐出来他最不想说的一句话，"梁处，您放心，中标之后，必有厚礼重谢。"

说完这句话，万泮头上沁出来大颗大颗的汗珠。

梁处也已经喝超了，他晃了晃拉着万泮站起身来，又递过来一扎生啤："我当然放心！"

这话一语双关，既是放心万泮和圣格美集团的实力，也是放心万泮刚刚的承诺。

“好，干杯！”万泮大喝一声，猛地和梁处一碰杯，扭头冲着廖绅喊道：“给我点歌！”

这一声喊，旁边的其他人都愣了，瞬间，空气静了下来。廖绅迅速跑向点歌台，他知道，他的泮总不到特别兴奋的时候决不唱歌，要唱也只会唱一首歌。

包房里突然回响起节奏铿锵的军旅进行曲：

“向前，向前，向前！”

醉意，已经让万泮的嗓音有点变声：“我们的队伍向太阳……”

廖绅马上跟着万泮一起唱：“我们是工农的子弟，我们是人民的武装……我们是一支不可战胜的力量！”

万泮显得异常亢奋，紧紧搂着梁处的肩膀，声调出奇地昂扬：“听！风在呼啸军号响，听！革命歌声多嘹亮……”

他真的醉了，他完全沉浸在了自己的世界里，嘶哑的声音带着火烫的阳刚之气，从胸膛喷射而出：

“向前！向前！向前！……向着胜利的前方！”

02

·

梦想偏爱光顾无眠之夜

02-17

办公室墙上的挂钟当当当响了十二下，午夜时分，鹏湾市还没有沉静下来，窗外时不时传来汽车驶过的声响。静谧的月光和夜空中高楼大厦上闪烁着的霓虹灯光，调和成了暖调的斑斓，隔着纱帘从树影里照射进来，恰好晃在万泮的脸上。

万泮没有回家。

他翻了一下身，后脑勺突然一阵撑裂般的痛，由不得挣扎着侧起身来，使劲地睁开眼，这才发现，原来，自己是躺在休息室的床上，外衣已经褪去。

他拽了拽裹在身上的毛巾被，隐隐能闻到一股淡淡的酒气。

这是咋回事?

他感到有些反胃恶心，扶床起来慢慢进到卫生间里。

他并没有解手的意欲，只是想含几口温水，漱漱嘴里的酒气。他扶着洗手台，拿起刷牙杯准备接水，忽然从镜子里看到，身后浴缸盛着大半缸洗澡水，莲蓬头也没关紧，还在滴答滴答流着热水。

噢——万泮这才想起来，昨晚从凤鸣 KTV 回到公司，已经是十一点多了，是廖绅叫了代驾送自己回来的。好在，厨房的蔡师傅每天都在公司守夜，才一起招呼着扶他上楼，安顿他上了床休息。

也许，刚刚只是丢了个盹吧，脑子有点断片儿，万泮想着，脱掉衣衫一抬腿，就滑躺到浴缸里了。

自从公司有了自己的办公楼，这么些年来万泮就养成了一个习惯，工作忙的时候他就会在办公室的休息室里过夜，特别是妻子出差不在家的日子，他干脆吃住都在公司了。

蔡师傅深深了解自己老板的这个习惯，而且知道万泮酒后喜欢泡热水澡，他说这样醒酒醒得快。

万泮更清楚，蔡师傅对他的了解跟他对他自己一样了解，这大半浴缸热水肯定就是他给放好的。因为他俩既是老乡又是老战友呀！在部队时，蔡师傅做过几年炊事班长，除了会做家乡饭菜，还练了一手不错的大厨手艺。退伍返乡后一时找不到事做，干脆舍家弃口，奔着老战友来了，干上老行当，直接做了厨房主管。

也因为这“火头军”的出身，刚来时别人不太把他当回事。可蔡师傅从来不觉得比别人卑贱，反而时常在人堆前一站，矮墩墩的身子尽力往上一挺，面带自豪地炫耀一下：老子可是火线入党！

此话还真不假。部队里的“火头军”可不一般，能在和平环境的厨房里干活，那只是起码的基础性工作。重要的是，既要能在野外训练时确保部队随时随地就餐，又更能在炮火连天硝烟弥漫随时运动的战争状态下，确保作战部队不因吃饭问题消耗战斗力，这才是真本事！

所以，蔡师傅能在“火线”入党，也的确是因为他几年的军旅磨炼，不仅仅在业务技能上十分了得，更是在政治素养上练就了踏实苦干、优质快速、忠于职守、敏锐警觉的一整套品德。如果不是如此，再说什么老乡战友，他也不会得到员工们的普遍喜爱，更得不到万泮的充分信赖。

蔡师傅有这个自知之明，作为全体员工的餐饮主管，他深深知道卫生安全的重要性。“病从口入”的朴素道理，在他来说被奉为铁律，严格把关。但作为和老板有一层特殊关系的员工，他又深知“祸从口出”的民间戒律，谨言慎行，从不张扬。

然而，这并不表示他两耳不闻窗外事，他敏锐警觉的军人素养，偶尔也会支配着他去万泮那儿，反映一点他看到的，或者他认为反常的一些蛛丝马迹。

这不，就是年前的那天下班后，蔡师傅知道万泮一个人在办公室，于是上楼来敲开他的门，见万泮还在伏案疾书，知道他在忙，就又退身想走。万泮抬头一看，说：

“老蔡你先坐，我这儿马上好了。”

蔡师傅知道打扰到万泮了，一着急就满口家乡土话，虽然腔调是普通话，但词汇大部分还是家乡土词：

“泮总，我么（没）甚事，就是想提醒你一下（哈）。”

“啥？”

“就是外货（那个人）”——蔡师傅家乡是近代商帮兴起之地，在商言商，已近乎极致，乡间习俗习惯把什么东西都称为“货”，就连人，特别是不被待见的人，也常常被谑称为“货”。

“就是外（那个）货，可不是个正经东西呀，你看他外（那个）㞞眯蹙眼（眼神很邪性）的，么（没）事就圪眊（斜眼看着）着材料部整天来的是些甚（啥）人，你说他操㞞得甚心了。”

蔡师傅说的，是那个五星级大酒店项目上一个工段的项目经理陈工。这类事，别人看到不正常也不会去跟他人说，只有他蔡师傅，憨，直，爱操这份闲心。

万泮平躺在浴缸里，拧开水龙头继续添了些更热的水，淹到脖子上的热水已让他浑身发烫，才几分钟，他就知道酒精已经随着汗水迅速融入浴缸，只是脑袋还觉着是蒙的，有点昏昏欲睡的感觉。他用小毛巾在水里轻轻擦着身子，周身的疲倦似乎正在慢慢消退。

他的心里又涌起一阵对蔡师傅的感激之情。他的这个同乡老战友忠心耿耿，憨厚足智，不仅熟悉他万泮的工作作风，而且也清楚他的生活习性。除此而外，蔡师傅还救过他的命。

就是去年年尾，辛辛苦苦一年却成效不佳，眼看着年度业绩目标要落空了，公司开了几次营销会都没啥起色。万泮急了，亲自带队去拜访客户，连续多天马不停蹄，一城一市地飞返，一家一户地洽谈，一桌一席地陪酒……最后挑战身体极限，两天飞了三个城市，拜访了四家客户。

其实，头天晚上万汼已经有点低烧，伴有轻微咳嗽，他没在意，心想，连续多天奔波，有一点疲惫伤风，也算正常的，今儿就早点休息吧。

等他批完请示报告，审完重要急件，躺在休息室床上时，也差不多半夜十二点了。第二天，凌晨五点起身赶往机场，搭乘六点多的早航班飞抵了龙潭市。

那天他很开心，上午陪甲方巡查了一个在建的商业购物中心项目，甲方领导非常满意，再三再四地表示，我们选中圣格美集团，是最正确的决策！高兴之余，破例在中午设宴款待万汼。酒桌上，双方又对长远合作达成高度共识，并形成了初步的合作备忘录。

酒足饭饱，心满意足，万汼去买单，甲方领导急忙拦住笑道："汼总您是功臣，我请客怎么能让您买单呀！"

"应该的应该的。"万汼坚持着，"您是甲方嘛，您做东，我买单，行规，行规。"说着，执意在前台结了账。

已经下午三点了。

万泮又带队直奔同城的另一个甲方工地。就是那座五星级酒店精装修工程，甲方老总已在工地入口处等候。

“欢迎欢迎，早就盼着您大驾光临呢。”

甲方老总带着几个项目管理人员，疾步迎上前来，显得格外殷勤。

甲方这种不寻常的殷勤，万泮心里有数：这一定是有求于我们吧。他马上报以超十分的职业式诚恳：“抱歉啊，我早该来了。”他用力握握甲方老总的手，又加强了语气，“老总啊，您这个项目，可是我们圣格美集团的一号重点工程呀，放心吧！”

“呵呵……呵，放心，放心，您来了我们就更有信心！”

说话间，一众人员已经进到施工现场。

“泮总啊……”

甲方老总指指周围紧张有序干活儿的工人们：“咱这个项目，质量控制没得说，做出精品已成定局；现场安全文明管理嘛，也已经几次得到市质监站的通报表扬了。”

万泮没回应，看着已接通了照明电源的大堂，整体形象已经展示在眼前，光彩夺目，华丽，高雅，大效果的确不错。

他走近墙边，掀开保护膜，用食指中指摁住刚刚做好的大理石墙面的十字缝，来回揉了几下，平整光滑。嗯，行！

他又走到旁边，让人掀起一块保护板，蹲在拼花大理石地面和木地板的接口处，照样用食指中指摁了摁拼接口。嗯，天衣无缝！两种不同的材料，能拼接到如此水平，应该称得上精品了！

他内心很满意，也很踏实，但面部表情平静，不动声色。他站起身来，环视一下周边，随着朝甲方老总做了个邀请的手势："走，我们上楼看看？"

"好！"

一众人随他俩进了已经启用的电梯里。

"泮总，"甲方老总当着众人的面问万泮："您看现在的程度，到全面竣工还得多长时间？"

"嗯……"万泮沉吟片刻，转头朝向项目经理陈工："陈工，你最熟悉现场情况，你说，最快需要多长时间？"

电梯停在了客房层，大家走出电梯站在客房走廊里，陈工指着走廊的天上地下说："报告泮总，现在除了铺设木地板之外，大的活儿就是正在进行的贴墙纸和安装少量的玻璃隔墙了，之后就铺地毯，穿插着装灯具，装卫生间水龙头五金件，还有门锁之类。”

他看了看万泮，又看了看甲方老总，犹犹豫豫地说：“按合同工期，还有一个半月，可这零零碎碎的，我想怎么地也得一个月吧。”

甲方老总马上抢着话茬子：“泮总，一个月可太长吧，我们一定要抢在春节前开张营业。”

他是真有点着急：“您知道，春节可是我们酒店业的黄金档期呀。”

“这我知道。”万泮点点头，“可是您要明白，装修施工，越到后面越是面子活儿，要精雕细琢呀。”

万泮也觉得一个月时间一点都不宽松：“抢工是犯大忌呀，进度和质量冲突的时候，我是一定要把质量放在首位的。”

万泮说得斩钉截铁：“百年大计，质量第一！”

说话时已经进到客房里面，他一边敲敲这儿，一边摸摸那儿，检查着已完成的工程面。

对方看来是已经有了成熟的考虑，他停下脚步，恳切中带着不容协商的口气：“泮总，这次真的要拜托您了。”

他紧紧握了握万泮的手，凝视着万泮的双眼，加重了语气说：

“咱说好了，就二十五天，全面竣工交付使用。”

不等万汼张口，他又说：“我承诺，如期竣工，我加给你们总造价百分之一的抢工补贴费。”

话音未落，这位甲方老总双手作拱，朝着万汼重重地拜了两拜。

万汼轻应一声没置可否，他心里明白：难怪一见面你就对我那么殷勤。不过，干活儿不随东，累死也无功！不听东家的旨意，干得再好都没用呀。

他的正在墙纸上摸索的手，忽然感觉触到一个小小的鼓泡。

“这是什么？”他的头转向陈工。

陈工一愣，没反应过来。

万汼调整了一个视线角度，逆着光用眼上下一扫，马上发现在不同位置，墙纸上还有几个凸起的气泡。

“怎么回事？”

他的眉头顿时拧紧在了一起，脸色已经变黑。

陈工一下子不知所措，吞吞吐吐地说：“这，这，这昨天贴完了都检查过呀。”

“检查过？检查过怎么还这样！”

陈工觉得挺委屈，也伸手逐个摸摸这些个气泡，自言自语：“都干透了，怎么还会出现这个情况？”

“干了，干了，干透了还摸个屁，马上给我扯下来。”

说时迟，那时快，万泮自己已经从旁边一个工人手里夺过一把工具刀，哗，哗，两下，大手一扬，哧啦几声，碎片墙纸已经落在地上。

“你，”万泮指着跟在后面的工程总监，“拿回去检验墙纸质量，追责。”

“你，”他狠狠瞪一眼陈工，“马上带人，所有贴好的墙纸重新检查，有问题的通通给我扯掉！”

万泮的突然变脸，惊呆了旁边的所有人。他才不管他们的尴尬呢，发完脾气，转身向外走去。

02-18

万汫突然觉得身上一冷，睁开眼，看见自己还泡在浴缸里，小毛巾搭在脑门子上，凉凉的。

热水龙头还在细细地流着，浴缸里水满了，溢水口响着吸溜吸溜的排水声。

“哦，我这是眯着了吧？”万汫这才回过神来，“这一会儿工夫，我这脑子想哪儿去了……”

他把小毛巾放水里泡热，拎出来使劲拧了拧，放头顶上用力搓了搓，心想：快出来吧，再泡下去要出事啦。

他擦干身子披上浴衣，走回休息室，靠在床头上端起茶杯，刚才恍恍惚惚中脑子里闪现的那些朦胧片段，变得清晰起来。

“是啊，那次也真够累！”

想起来他有点失笑。那天他发的火，自己也觉得多少有点夸张。这倒不是因为故意要在员工面前摆老板的谱，更不是有意要表演给甲方看，显得自己多么重视质量。而是在装饰行业多年摸爬滚打，他实实在在懂得：质量，是生命线！

“凡是发现质量问题，必须小题大做！”这是万泮每次从项目现场检查回来在总结会上必说的一句话。

“小题大做！懂吧，就是要拿着放大镜去找瑕疵，什么叫瑕疵？就是毛病，找毛病。”

发现问题，毫不留情。没有这样的铁腕，怎么锻造全员的质量意识，怎么提升控制质量的能力。

当时，谁也没有心理准备，甲方老总的确被万泮的举止震到了。这个小小的突发事件，客观上也确实起到了塑造企业形象的特殊效应。看到万泮转身而去，他也一路碎步紧撵上来：“泮总，您看时间也不早了，我那儿备了便餐，我们接着再把后续工作协调一下，好吧。”

说是便餐，那晚又喝了不少。

二十五天实现竣工，一天不能超！甲方坚持不让步，万泮拍了胸脯。

反过来，万泮也不失风度：“您的抢工补贴费我收下了。”

凭什么不收？万泮想，挣你们地产商一点钱多难呀！接着，借着酒劲又将了甲方老总一军：“不客气地讲，老总啊，之前的情况不说了，今晚我们要明确：本月进度款立即支付，现场所有签证全部完善，竣工后必须按合同规定，六个月完成结算工作！”顿一下又补充道，“都按规矩来！”

他给对方斟满酒，边碰着杯，边扭头向自己的工程总监说道：“把刚才说的几条，形成会议纪要，明天发给甲方，请老总签字、盖章，生效。”

话毕，才又转回头来：“谢谢您的支持，我将不负重托。”举杯扬头，一干而尽。

那晚返回公司已经半夜一点多了，第二天还要早起出发，可他一时平抑不了自己的心情，翻开工作日志，不知怎么落笔，想来想去，诌了四句顺口溜，凑合着描述了一番这个紧张高效的一天：

朝出鹏湾海云间，

举杯两度宴龙潭。

酒酣揖别不散客，

夜半飞身返岭南。

横看竖看的，就这四句，真看不出这忙忙叨叨地干了些啥事，感觉就是一早飞过去，喝了一整天，半夜又飞回来了。可细琢磨起来，谁闲着没事抢着喝酒呀！企业要生存，员工要生活，喝酒，绝不是万汴的生理需求，更不是什么精神需求，这实在是工作要求，是环境所迫啊！

其实那晚万汴睡得还挺踏实。他就是这样的人，工作强度越高，面临挑战越大，他越有激情。

天蒙蒙亮了，万汴拉起行李箱，一个人又出了门。

他似乎觉着脑袋有点发热，脚下也好像有点发飘。呼吸着清晨的空气，他内心还是充满了期待。

他拿出手机，朝着喷薄欲出的朝阳随手拍了两张照片，心里笑了笑：昨晚胡诌顺口溜，今早还有余兴呀。边想，边在手机上又编了几句：

五点半

晨曦抹一把我的

醉眼——

不理会她吧

奔机场路上的人

嘴角还溢着昨晚的

酒香

写好，他把刚拍的照片附上，还又加了一张酒桌上的照片，然后戴了个小标题：随手拍诗笺，顺手发到了朋友圈。

上午，万汫回访了一个新客户的主要领导，草签了合作协议书，中午免不了一通应酬。想着每趟出来都有成效，他心里挺舒坦。只是，感觉身子越发有点发软。

他对自己说，没事，有点疲劳吧。随即告辞客户领导，返回机场又准备飞往下一个城市了。

当晚要约见的客户，是个已经服务多年的老客户，没啥特别要求，就是要双方主要领导坐下来，深入沟通一下，把来年的后续任务确定下来。事情相对简单。

借着候机的空当，万汫在候机厅转了转，他想散散步，解解乏。看到有药店，就进入买了盒阿司匹林。他是个不爱去医院的人，也没空去医院，觉着哪不舒服，都是硬扛着。偶尔吃点最普通的药，在他来说，更多是些心理安慰。

他随便咽了两片药，找了个僻静的角落坐下来，打开随身携带的华为平板电脑，开始构思起草年终总结会的讲话稿。

这也是万汫历来的习惯，他自己所有的讲话稿都是亲自动手，甚至公司的规章制度编制、发给客户的信函，他都想亲自起草，至少要酌情选择性地进行把控。就算是别人写的，他也要拿过来反复审阅、认真批改，标点符号都不漏掉；而且，他的大部分这类文案工作并不是在办公室完成，而是在候机厅、卧室，甚至是坐在马桶上写出来的。

公司部门经理以上的管理干部，没有一个人敢在文字上马虎。主要高管写的文稿，标点符号不清楚，都会收到万汫带着责备的脸色。可他不觉得苛刻，他坚信“细微之处见风范，毫厘之优定乾坤”。他还记得毛主席的教导：“世界上怕就怕认真二字，共产党就最讲认真！”

登机了，航班很给力，万汼准时出现在客户宴席的包房里。

幸运总是眷顾勤奋之人。万汼就是靠努力、靠勤奋，来追求愿景的人。

这晚，他和客户领导相谈甚欢。口碑是用自己的双手打造的，多年的认真服务，赢得了对方的充分信赖。

他又是个性情中人，双方谈得投机，甲方交给他两项大单，来年任务有了很好的落实，一开心就忍不住多喝了几杯。这下，他感到真的有点晕了。他谢绝了客户领导再三再四的盛情挽留，坚持登上了返航的班机。

那晚，万汼还是直接回到了公司办公室自己的休息室。他习惯性地泡了个热水澡，感觉沉闷的胸腔和憋胀的脑袋，都有所舒缓。

蔡师傅知道万汼今晚回来，早早地给他煮好了一大碗稠稠的家乡小米粥送了上来，还有一碟老咸菜。他知道这是万汼的最爱，老板酒桌上吃东西不多，酒后一碗小米粥，解酒养胃。

看着粥还很烫，万汼感激地望一眼蔡师傅：“老蔡，你也早点睡去吧。”

“好说，您可别太晚了，有事呼我。”

万汼真是没一点睡意。累，是有点累，浑身酸软。可这两天很开心，成效卓著，总觉得还想做点什么。他下意识地打开手机，翻着看了看早晨拍的照片，又刷了刷朋友圈，见很多朋友都给他点了赞，这又激起了他的那点小兴致。不一会儿，就听他念念叨叨地又编出来四句顺口溜：

两天三返四城游，

不为闲逛为装修。

精工细作求卓越，

鳌头独占逞风流。

他默诵了几遍，感觉不出来个所以然：这是要表达什么心境呢？他想再推敲推敲，编得高大上一点儿，可搜肠刮肚了一番，居然找不出几个新鲜词来，自己摇头笑了一笑——咱这点儿包工头文化，嗨，反正就是个顺口溜嘛。

他端起碗来，美美地喝了一大口粥。

突然，胸口像被撕裂开来一样。剧痛，瞬间让万汼感觉快要窒息!

他眼前一黑，已经说不出话来，只能拼了全力，伸手够到床头柜上的座机电话，摁下了蔡师傅的呼叫键。

02-19

冉生从圣格美集团的餐厅包房里出来，看着天色不早了，就让助理冼贝小姐回公寓，他一个人急匆匆地打了辆出租车，直奔通往香港的海关去了。

今天晚上，务必要把明天投标的事，再给老婆交交底。

冉生和冉太是一对生意夫妻，中年以后，除了生意，没什么其他生活层面上的交流。

冉太生在富贵人家，从小不愁吃穿，细皮嫩肉地很懂得呵护自己。和她老公略显枯瘦的身材不同，她体态丰腴，椭圆的脸盘平平展展，耳鼻嘴眼比例适宜，得体地摆置在恰当的地方，两条蛾眉在白皙的额前显得特别的黑，一双单眼皮很少眨动，这让她的目光少了几分女性的柔媚。

平时，冉太就带着俩女儿住在香港，也没什么正经事，主要靠着冉生做点小生意。以往，冉生从外埠采购回来的所有装饰材料、物品、包括机电设备、洁具，在供往国内之前，都要经过冉太设在香港的公司，被她苛扣一成利润后再销往内地客户。按她的话说，是在收取她老公的“过路费”。

这规矩很铁，立了好多年了。不知何故，冉生从来绕不过这个关卡，翻不过这堵墙，年复一年，“过路费”一分不欠。莫不是冉生年轻时候有啥小辫子攥在她手里，还是这女人真有啥手段?

时间长了，难免有些闲言碎语，就总有人喜欢在茶余饭后嚼嚼这些舌根子。但嚼来嚼去人们还是不明白：港商一般是会给家里留生活费，哪有像冉生这样，让老婆“半路打劫”的呢，那不等于遇上“母夜叉”了?

的确，冉太虽算不上“母夜叉”，可冉生每次回香港的“家”，都有点提心吊胆的。倒不是两公婆见面就会吵闹，而是反着劲，互不搭理。主要是冉太不搭理冉生；而且，据冉生的说法是，他老婆不搭理他也就算了，还背着他教唆俩女儿，把她们的爸爸说得一无是处。只要见他回来，俩女儿就悄悄躲回自己房间，再也不出来了。

家丑不可外扬，冉生也是有点颜面的人，他实在是压抑到快要崩溃的地步了，才跟万泮倾诉了一下。万泮很无奈：谁让大家是合伙人呢。清官难断家务事，只能静静地做一个听众而已。可听着冉生的诉说，听着他描述的他那些家庭冷战，真为他感到悲哀。

特别是冉生六十岁生日那天晚上，他冒着瓢泼大雨回香港。他揣着一颗热乎乎的心，好想利用今天这个特殊的日子，修复一下两公婆的感情。当然，他也不抱幻想，只是心里止不住地渴望，就在今晚，老婆能看在孩子们的分上，为他送一份儿久违的温情。

一路上，他想象着推开家门的那一瞬间，一股家的暖流迎面而来……

他忐忑地摁了下门铃——没有动静。于是掏出钥匙拧了两圈，门开了，他蹑手蹑脚地进了家门。

“这么晚，回来干啥！”一个尖厉而冷酷的声音从沙发上传来，那声音像一条直线划过，没一点波动，没一点表情。她头也没抬，但想象得到那张冷漠的脸……

冉生一副哭腔，对万汻回忆着令他悲痛欲绝的那个情景：“当时我拎着雨伞，浑身湿漉漉得像只落汤鸡，呆在了门廊里，心里五味杂陈说不出一句话来，这——还是不是我的家？”他不知道该进还是该退。

人生，能有几个花甲之年？他不敢预测自己的余生。万汻听到冉生在抽泣：“那晚，我一个人躲在厨房里，和着泪吃了一桶泡面。”

唉！可怜之人，必有可悲之处。万汻真的不知道该说些啥。按理说，生活应该是公道的，那些个不如意难道真的就没有一点假象？

不可理喻的是，已经到了这地步的关系，只要一谈到生意，夫妻俩那叫个“默契”！特别是冉太，生意场上悟性高，没几年下来，就明白了不少事理。

那天，冉太冷不丁跑到他办公室来，进门就说：“喂……以后不收过路费吧。”

啊？冉生定了定神：没听错吧？怎么，这铁打的规矩这么轻易就变了？他转过头去，不会是太阳从西边出来了吧？老婆的脸色今天是阴转晴。

“从今往后呢，我在你的采购价上，加一份就行了。”她说罢，浮云一般转身飘去。

冉生有些发蒙。过了好一阵才想起来：我都是提前给客户报过价的，你这“加一份”不是在缩减我的利润吗？再说，这“一份”是加多少钱呢，怎么拿捏的，超了报价怎么办？冉生怎么也想不明白。

几单生意后，冉生才发现，原来，冉太都是提前知道他给客户的报价后，立马在香港反复询价，货比三家，很快就摸清了底价。然后，她的那“一份”，基本要占到全部利润的八成，也就是说，她要跟她的老公“二八分成”——她占八！

“哼，想得倒美！一个人在那边挺滋润的是吧，你以为老娘不知道。”冉太心里就是这么想的，她觉得自己拿捏得恰到分寸，给老公留的那丁点儿，刚刚够他基本的日常开销了。其他嘛……哼！

冉生也不傻，他对自己老婆的这点小心思，心知肚明，可就是说不出口。

在老婆跟前，他是有那么点气短。倒不是别的，而是当年他偷偷潜来香港，所有合法的身份证明，都是老婆的娘家人帮他花钱办理的，可见娘家那边还是有点能量的。

这倒也其次，最要命的是，他年轻时候在内地的那些年，生活作风很不检点，招蜂惹蝶的那些糗事，说不清道不明。还有在一些人生经历中的那些洗也洗不干净的污点，老婆是一清二楚，都成了她攥在手里的小辫子。

所以，尽管在外面是个风光排场的港商，可一进家门就得忍气吞声。与其如此，倒不如以柔克刚，装出个配合默契的样子，以松懈老婆的警惕之心。他几次领教过老婆的厉害，再笨他也明白了：那还真不是个善茬子。

果然，没多久，老婆又出了新招："喂……以后别麻烦了，就直接给我下单吧。"

啊，啥意思！我是你的客户呀！直接给你下单？那规格、品质、供货期等一系列环节呢，谁来把控，谁来负责，你能负得了责吗？

冉生作为生意人，还是讲点儿商业操守的，他知道深浅，特别是品质，这是底线，丝毫不敢含糊。

“这些用不着你管啦……”冉太说得云淡风轻。

他还想据理力争，冉太纤指一弹：“废话。再说，再说我就直接找你的客户了，就说你是中间商，吃过水面的……行不？”

这下，冉生傻眼了，弄了半天，这娘们儿把自己的客户都摸了个门儿清呀，我变成收“过路费”的啦？

冉生直恨得牙根子疼，可真是没一点儿辙了。他想想还是不死心，兜了个圈又试探着问：“你能弄得清楚那些品牌规格，质量标准吗？” 看她不吭气，又貌似关心地假惺惺道，“坐在家里收钱多好呀，费这个劲。”

“还用你操这个闲心。”冉太很不屑地甩回来一句。

“那，那……”冉生被噎得好一阵才缓过气来，他想起文件包里那份刚刚签回来的墙纸采购合同：“那这次我要的这一批墙纸，就得非要你来供货吗？”他清楚自己已经很被动，实在控制不住局面了，只能顺水推舟。那边的冉太白了他一眼，啥都没说。

“那你说，供货期这么紧，你哪天给我提供实物样品？客户现在紧着催呢。”冉生借着客户的名义，心怀一点点侥幸心理，期望他老婆在压力面前有所退却。

“急什么，我的小样（小样：一般指按木质或织物装饰材料的实际质量标准、规格标准、色泽、纹理等特征，先行制作出来的实物样板。）还没打好呢。”

啊？她，她怎么连这事都知道了？

一听这话，冉生急了：打小样？打小样干什么？我要的是最高档的国产优质品牌墙纸，直接向生产商索取实物样品就行了，干吗还要打小样？难道，她是在偷偷摸摸搞“山寨版”吗？真的是财迷心窍了，搞个“山寨版”去冒充国产优质品牌墙纸，这中间的差价可是暴利呀！

“你……你什么意思？你是在搞“山寨版”吗？你这是要砸我的饭碗，要我的命呀！”冉生两眼冒出火星，气得嘴歪眼斜，在地下团团转，恨不得要摔东西！他快要失去理智了，真想冲过去扇她两巴掌。

“瞧你那副德行——就你那模样，还赚钱？哪儿凉快哪儿歇着去吧，哼……”说着，冉太扭着翘臀进了卧室。

“哐啷”一声，冉生一脚踹开卧室门冲了进去。顿时，凄厉的喊叫声，撕扯声，纠缠在一起……

不一会儿，一切归于沉寂，隔壁房间传来两个女儿嘤嘤的哭声。

第二天一早，公司各位高管陆陆续续走进会议室，准备召开三季度的管理层工作例会。大家笑意盈盈的，身上还带着昨晚的桂花酒香。不知谁多看了冉生一眼，见他脸上有几道挠痕，下巴上还有个创可贴。

“怎么啦冉生，没事吧？”

“没事……”他说，“昨晚我也是赶回香港跟家人过八月十五了。中秋节嘛，嘿嘿，挺开心的，桂花酒喝多了一点，不小心摔地上碰的。”

“摔得不轻啊，年纪大了，可得小心点。”

“是啊，现在眼前还是白花花一片，像是桂花在晃呢。”

……

听到开门的声音，坐在沙发上的冉太看了看手机上的时间，已经是子夜时分。她已经坐在这儿有两个小时了。

门开了，一阵风夹带着冉生和酒气一起进了房间。

“这是又喝了多少呀！”沙发上冉太的声音不冷不热。

冉生放下手里的文件包，脱下那上面还带着万泮晚宴酒气的外套，边换拖鞋边问他老婆：“给他们几家把价格都报过去了吧？”

“下午就发给你的小秘……书了，早该报过去了。”

“给了冼贝？你要亲自仔细核对呀！给各家的那些主要材料，品质和价格一定要有区别，特别是价格，千万别搞成一样的，小心穿帮露馅！”

“咸吃萝卜淡操心！”

还有啥好说的，听天由命，一切都看明天的吧。冉生已经脱得只剩条底裤，趿拉着拖鞋进了洗浴间。

02-20

不是一家人，不进一家门。

冉生说他老婆财迷心窍，那是因为在他老婆盘剥他利益的时候，他才这样骂她。其实，冉生本质上也是一个唯利是图之人。只是，他曾有过土木建筑工程的管理经验，又在商海里浸淫多年，赚钱的门道更多，手段更毒，巧伪趋利有如蚁附蝇集，有时候，甚至到了舍义取利的地步。

这么一个人，要不是一次偶然的机缘巧合，怎么就能成了万泍创业的圣格美装饰集团合伙人？一想到这个就令万泍感到硌硬，这满心的苦恼跟谁去诉说？

最让万泮耿耿于怀的，就是那年在京华市做的那个民营企业办公楼装修项目。

那个项目是冉生接回来的，因为他和那间民营公司的老板张总，是多年的商界朋友。张总知道他是圣格美装饰集团的合伙人，信任他，况且办公楼装修工艺并不复杂，投资也就千八百万，不算很大，两人把合同的基本条款大概议了议，就把这事确定了。

冉生拿着合同回到公司，他认为这是自己给公司做的一点小贡献，多少有点报功请赏的心态，兴冲冲地直奔万泮办公室，进门就说："泮总您看，项目虽然不大，可是不需要垫资，付款条件也还行，技术上又不复杂，挺不错呢。"

"啊，辛苦你啦，冉生。"万泮觉得冉生能惦记着公司的业务发展，有这份心就不错，所以实心实意地表露自己的愉快，"项目嘛，有大有小的，都是咱的业绩，不错不错。"

冉生喜滋滋的，凑过脸来说："泮总啊，我知道最近公司业务多，人手挺紧的，您又这么忙，不然——"他打住话头，端详着万泮的脸色。

嗯？怎么不说了。万泮觉得挺唐突，脑子一下没转过弯来。

他注意到冉生的眼神有点尴尬，更有点期待，就尽量轻松地说："不然啥？直截了当嘛，呵呵呵。"

"呵呵，那是。我出这个主意也不知可行不可行。"

"哎呀，这哪是你冉生呀老兄，干吗吞吞吐吐的。"

"好吧，是这样。"冉生堆起一脸的笑，"我真是看到公司最近项目挺多，人手不够，所以就想——"他再次看了看万汼的脸，确认他的眼睛虽然没有直视自己，但肯定是在认真听着他的话，就语气笃定地说，"汼总，我想这次，干脆我一个人亲自去负责这个项目的施工吧。"

噢，万汼听明白了：这倒也是破天荒头一遭啊，他行吗？

"冉生啊，这么大年纪，还是在外地，行吗？"

"行，行！我也是想给您分点担子嘛。"

"哎哟，那可难为你了。那你具体说说想法，怎么个实施？"

"这样，我亲自出马，对我朋友张总来讲也显得咱公司重视。我一个人全权负责，项目部也由我来组建，劳务派遣，材料采购，您不用操心，我肯定都能做好。"

万汼心想，目前大家的确都太忙，人手真的排不开。他略一思考，收起笑容，用很正式的口吻说："这样，公司给你派一个项目经理吧，其他你多费心。”

“好的，好的。反正也就一百天工期，我一气呵成。”

“但是，这里要明确几点：所有的劳务班组，要从公司内部派遣，所有的材料采购，要以公司名义签采购合同，所有往来资金要走公司的专款账户。”

“这没问题，您放心。”

“好吧。总之一句话，严格按公司规章制度实施。”说完，万泮从总裁椅站起来，脸上带了一点调侃的神情，口气里柔中带刚，“这一来，你这个集团领导，可得要接受工程部的监管啦。”

项目就这样开工了。

事情很快露出些不可思议的端倪。施工班组进场快一个月了，甲方还没有提供一套比较像样的施工图纸，更别说完整的正规图纸了。现场只能依据一份简单的样板间方案图，按甲方的旨意一边深化设计，一边做这间样板房。

这怎么能行。情况汇报到了工程总监这儿：“这个情况要及时和甲方沟通呀。没有正式图纸，我们是不能开工的。”工程总监直接给冉生亮起了红灯。

“我知道，我怎么会不知道呢？”冉生好像有他的道理，“人家张总也是信任咱们，施工条件是有点不太具备，可我们也得尽量配合着，做好前期的基础性工作嘛。”

“积极配合是应该的，毕竟我们是服务商嘛。”工程总监恪尽职守，还是掌握了一点现场情况的，“不过我听说，甲方那个张总，三天两头来工地，一来就要提想法，出点子，不停地变更，是这样吧。”工程总监说。

不等冉生回嘴，他又接着强调：“如果属实，那我们项目部就要正式给甲方发个工作联系函了，停下来，等甲方完善了图纸再开工。”

“唉呀，不过就是很小的一间办公室样板房嘛，我也不好跟张总拉下脸来发联系函吧。”冉生觉得挺为难。

“冉生啊，越是朋友相处，越要规范行事。这可是交过学费的经验教训呀，您是前辈，我不该在您跟前讲这个道理的。”工程总监越盯越紧。

“好吧，好吧。”冉生自觉理亏，悻悻然答应了。

然而，事情并没有转机。

好不容易催甲方拿来一套图纸，刚刚铺开施工场面，甲方张总又来了，而且，还带来了一位风水大师。

这位大师楼上楼下犄角旮旯转了两圈，不知跟张总说了些什么，他前脚刚走，张总就把各个房间的平面布局改变了一大半位置。自己的办公室本来安置在东南角，通风良好，日照充沛，也来了个大调头，被搬到了西北角。结果，各个楼层已经做好的隔墙，被拆了一大半。

这下，冉生也沉不住气了，赶紧跑到张总跟前，十分不解地问道："张总啊，您请的那位设计师，不也是个大师吗？您反复讨论反复修改，才出来的设计成果，怎么，再来个大师一句话就翻了？"

"可不嘛。"张总好像也没好气："可这位大师不一般呀，厉害着呢，不听他的听谁的？"

"那这……"冉生更加不解了，"您搞公司大半辈子了，自己的办公室怎么好用，自己不清楚啊？"

冉生这么一说，张总立马变了张脸，神秘兮兮地把头伸过来凑在冉生耳边，大拇指往后指了指："你以为呢，连那些个部长大官们都是找他看呢，你说该信谁？"

冉生深深叹口气，真是无可奈何啊。他觉得自己有点把控不住，赶紧飞回了鹏湾市。

听了冉生的汇报，万汼冷着脸说：“你说的这个张总，不是说他多少亿的身家性命吗？绕着地球都转过几圈了，财大气粗，见多识广嘛，怎么听起来是个没主意的人呢？”

“哎呀，谁知道他是这么个人呢？”冉生现在是百思不得其解，有苦难说。

“再说呢……”万汼明显的是在提示冉生，“你应该明白，那些领导们如果有很多钱、很多房，来路估计都不正吧，来路不正，心里就不踏实，所以才去看风水、求大师，不然他心理上依托谁？”

“那倒也是。”冉生也不知道该怎么回答。

“可他张总是个生意人，或者算是个企业家。他的钱都该是辛辛苦苦自己挣来的，他有啥不安心的？难道，自己还不相信自己吗？”万汼的话变得严厉起来。

看着冉生垂头丧气的样子，万汼很认真地跟他说：“他的钱干净吗？我这是往严重里说的。说轻点，这个张总就不像是做事的人，心态就不像。我们是正正规规办企业的人，跟这种人打交道，我们要严格按规矩来。”

“听说，甲方到现在为止，不给我们一份设计变更通知书，也不给我们工程量变更签证，这是严重违反项目管理制度呀。”听着万泮的话，冉生的头上渗出了细细的汗珠。

“跟这样不讲规矩，缺乏履约诚信的人，既然合同已经签了，工程也动了不少了，我们就必须稳扎稳打，步步为营，不能自己往坑里跳。”

万泮把助理若谷叫了进来，指指冉生说：“你跟工程总监沟通一下，帮冉生以集团的名义起草一份工作联系函，要求这个甲方必须在合同规定的时间内，给我们补齐签证单，补齐图纸，确认因变更引起的工程量和工程造价的增加额。”

他又对着冉生强调了一下：“明白这个意思吧。要明确告知甲方，否则，将会导致现场窝工、停工。我集团将保留索赔窝工费和停工补偿费的权利。”

冉生连声应道：“一定，一定！”

可是，事情还不是万泮看到的这么简单。

由于反复拆改，不断变更，工期延长，材料费人工费大幅增加，导致工程成本一路飙升。眼看着公司规定的项目责任制目标难以完成，冉生的预期效益也要泡汤，他心里有点发毛。现在，只有在材料采购上做做文章，尽量控制成本吧。

冉生把这个情况详细地向冉太交了底，指望他老婆能在材料上真帮他找点效益回来。结果，凡是冉太经手的材料，一律出了质量问题。

项目总算在磕磕碰碰中竣工交付了，可项目结算迟迟无法完成。对圣格美装饰集团来讲，这是成立以来绝无仅有的一次教训。对万泮来讲，无疑是一次梦魇。

他很用心地和冉生深谈了一次："冉生，这次是我们共同的教训啊。"冉生的头埋得很低，原本清瘦白皙的脸涨得通红，瞬间变成紫红色。

万泮看在眼里，忽然觉得心有不忍。想好的一番话到了嘴边变成了另外的意思："汲取教训吧，谁还没个走麦城的时候。"

"走麦城？"冉生微微抬头，眼里满是不解。

这也难怪，冉生跟他闯南洋的大多数前辈一样，从小重商轻学，更别说历史典故了，几乎没一点这方面的熏陶。

万泮有点心软，本来这和项目上汲取教训没一点关系，可他本能地有点想宽慰冉生，就三言两语给他讲了讲三国时期关公失败的故事。

"关公？"冉生刚才还一脸的惭愧瞬间变成了惊诧，"您是说关公吗？那是我们的财神呀，他不会失败的。”

嗐，啥时候变的味儿呢？关老爷自古以来都是武圣人呀！

这下反而是万泮一片茫然，这算是三观不合吗？这还怎么聊呀。他不愿多看冉生一眼，心想，他最多只是一个人生旅途中的同行者了。能同行多远呢？自己汲取教训吧。

02-21

远处白茫茫的一片，分不清是朵朵云团，还是皑皑雪岭。周边空旷无垠，看不见任何生命的迹象，似乎只有凛冽的寒风从耳边飕飕刮过，撕扯着他单薄的衣衫。他想蜷缩起身子，可怎么也动弹不得。

“老蜜，老蜜，快帮我把大衣拿过来。”

他声嘶力竭地喊着，挣扎着，却发不出声来。

……

“好啦，好啦，别动弹了……”

万汫忽然听到有人说话，炽亮的灯光让他睁不开眼。好一阵子，他眼前显现出几张模模糊糊的脸廓。

谁呀？这在哪儿呀？万浒心里纳闷儿，嘴却张不开。

“老哥，老哥……”

耳边有人说话。

谁呀？谁在叫我？万浒继续纳闷儿。他的头晕乎乎的，觉着有人摁住他的胳臂，脸凑了过来：“老哥，你醒啦？”

影像逐渐清晰起来。这不是蔡师傅吗？

在公司里蔡师傅称呼万浒是浒总，可在外面一般就改称他为老哥了。这是他俩之间的事，只有他俩清楚。

他的嘴角刚蠕动了一下，又被蔡师傅阻止了：“别说话，好了，已经开始退烧了。”

“哎呀，急死我们啦。”又有人脸凑了近来，是汤副总，廖绅。看见万浒醒过来了，大家都舒了一口气。

病房医生走了过来:“大家别围着病人啦,这样对他不好哦。”

他摸摸万浒的额头，又对几位说：“你们先回避一下，我跟病人和家属说说话。”

万浒这才看见，妻子老蜜正坐在床尾，隔着被子轻轻揉着他的脚底，眼里满满的爱怜和心疼。

医生手里拿着血样化验单，还有大大的一张CT影像胶片，他看看万泮妻子，很温和地说：“放心吧，已经排除了肺癌，也不是肺结核。”

“哦，那就好，谢谢您啦。”

“那也不可掉以轻心啊。”

医生正色道：“都快奔六的人了，他居然能烧到四十度，整个右肺完全成了一个大脓包，太危险了。”

说着把CT胶片举起来：“你看。”

他指着胶片对凑上来的万泮妻子说：“你看这胶片上，一个接一个的脓包。这是重度肺脓肿呀。”

“那究竟是什么原因啊？”万泮妻子揪心地问。

“太不小心了。”医生有点责备的口气。

“他平时很谨慎的，这次是太累了，累着了。”妻子看看万泮，把他插着输液针的手拉到自己手里，试了试手心温度。

“累？谁不累呀！”医生提高了嗓音，“累也不能不要命呀，他这完全是自己任性，严重疲劳导致免疫力大大减弱，把一个小小的小毛病，酿成了一个大大的大灾难。”

“要不是你们单位的那个老头——”

他看见万汴这阵儿清醒了，就指指病房门外，用严厉的眼光盯着他说：“幸亏那老头昨晚半夜及时报了120，不然，你现在还不定在哪儿躺着呢。”

万汴妻子的眼眶一下子湿了。

他转眼又对万汴妻子说：“这次教训太大了，可不是年轻人了，别拿自己的命去玩了。”

万汴浑身酸软，连欠欠身子的力气都没有，只在脸上显出淡淡的一丝微笑，冲着医生表露自己心里的谢意。

只有妻子心里知道：他这哪里是任性呀。自从他下海创业，公司好像就成了他的家，员工就是他的亲人，他把命都交给这个公司了。

02-22

哎！这都已经是过去式了。

万泮靠着床头轻叹了一口气，他还沉浸在刚才的心绪之中。他记得当时内疚极了，觉得是因为自己麻痹大意，才给亲人，给公司和同事们添了这么大的麻烦。

他当时就很想从病床上爬起来谢谢他的同乡老战友，现在的好同事老蔡。换了谁，也没有在军旅历练过的蔡师傅这般警觉敏锐，雷厉风行呀。半夜三更的，幸亏有他才没被耽搁。这可真是救命之恩哪！

他更想谢谢妻子。他当时刚刚清醒了就已经反应了过来：

他的老蜜前一天还在出差，一定是放下了出差的业务工作，一大早从外地风风火火赶回来的。我真是给老蜜添乱子了！

万泮现在没有了一丁点儿睡意。他索性坐起身来，把床头阅读灯的调光旋钮拧到最亮。

他的休息室不大，一张特大的单人床靠墙摆着，使得本就局促的空间更显逼仄。这张床的宽度足足有一米四，床的里侧靠墙边摞着一溜书刊杂志，从头到脚杂七杂八什么都有。这很方便他能随时抄起一本书来翻看。他常自嘲：卧榻之侧，岂容他人鼾睡，乐在抱书酣享。

他喜爱阅读，完全是一种补偿心理。那是因为他在小学的时候，学业就被突如其来的社会动荡终止了。后来社会秩序逐渐恢复，他读了中学，又进了大学，但他始终感觉自己的知识太少，知识面太窄，太不成系统。特别是经营企业之后，不光是专业知识应付不了生产业务，而且时光荏苒，自己的盛年即逝，随着企业发展，他感到了前所未有的压力，尤其感到自己的基础文化素养太不够格。学习、补课，对他来说实在是刻不容缓了。

一些跟他熟络的同龄人，偶尔也会在朋友圈里调侃一下他靠在床头看书的样子："瞧你这份睡姿，老天爷的神明在天有知，也一定会给你点个赞呢！"

嗨，对生活有所向往的人，都会有些精神偶像，这很正常嘛。他看到听到之后也就是抿抿嘴，一笑了之。

万泮打开笔记本电脑，浏览了一下自己的备忘录，没有什么急办事项。他又登录公司的OA办公系统，看到这两天公司没有他的任何会议安排，眼前就一件事，就是集中精力，亲自组织好这次投标工作。

嗯，好吧。

万泮觉得休息室里空气有点闷，昨晚的酒劲儿已经完全退去，他只是觉得躺久了也挺累，需要起来走动走动。

他起身走向窗前，推开窗扇，春日的夜风飘了进来。尽管仍有几分凉意，但拂在面颊上却感觉分外温润柔滑。

他披上外衣，信步走出休息室，到办公室里给自己沏了杯茶。滚烫的热水激发了熟悉的绿茶清香，一缕一缕摇曳着，顺着平缓的呼吸，慢慢浸入了肺腑。

办公室里没开灯，万泮坐到了沙发上。

夜幕，好像连寂静也一起遮藏了起来。他微闭双眼静静地发着呆，大脑空空如也。两条腿随着身心的放松，自然地往前抻了抻。身体在提醒：这，才是自己最钟爱的休憩方式呀。

当……

墙上挂钟一声响，幽静的空气被划开一条裂缝，余音袅袅，感觉把静谧的夜空拉得更加深邃……

忽然，远处自己的办公室外好像听到有微弱的说话声，不知哪个位置的走廊处，也亮起了灯光。咦?

万泮怔怔地站了起来，心想都半夜一点多了，还有谁在加班吗?

他进入工作状态的速度是极快的。转瞬之间，万泮已经站在了开放办公区。他左环右顾，果然，远处拐过弯去，走廊灯亮着，听到脚步声夹杂着几个人的说话声。

万泮迎着走了过去。

灯影下，汤副总正和廖绅他们几位往楼梯间走去，突然看见万泮从对面走来——

“啊，泮总，您怎么，您还没休息呀！”汤副总惊讶地捂了下嘴。

“你们不也还在这儿吗！”

万泮一时没明白：“这么晚了你们还在这儿折腾啥？”

汤副总指指身边的廖绅、工程总监、成本总监、材料总监等几个人，紧着向万泮解释着：“这就要回了，这就要回了。”

廖绅在一旁说：“汤副总他们不是在做明天的述标推演吗？我送您休息之后，也过来掺和了一下。”

“是啊是啊，我们足足过了三遍，把有可能被评委们提到的重点问题，都做了翔实的应答预案。”汤副总一边向万泮解释着，一边又带着关怀备至的语气和催促他的表情，“您就别操心了，快回去休息吧。”他又招呼着身边几位：“咱也快走吧，别影响泮总休息了。”

说着，几人匆匆往楼下走去，听到汤副总边走边检点大家：“记住，明早八点整，准时在招标办门口集合。”

廖绅在楼梯口收住了脚步，回头看了看万泮，他有点不放心万泮，又朝万泮挥了挥手：“您快进去休息吧。”说着，顺手把楼道里的灯也关了。

听到楼下的脚步声消失了，万泮关好自己办公室的门，又回到沙发上坐了下来。他觉得肚子里很燥，这是超量饮酒后的症状。他端起茶几上正在冒着热气的大茶杯子，深深地喝了一大口。

都是好同事呀！

刚才那几位的身影还在万泮脑子里晃动，他心里很感慨：不是自己一个人辛苦，是大家都在拼呀！

想到这儿，去年腊月二十三的一幕，不由得浮现在脑海：

那天该发年终奖了。可当时公司的回款严重滞后，特别是地产商们，拖欠工程款太厉害。为此，万泮不仅在公司营销会上多次愤慨地赌气：再也不要接房地产公司的装修项目了！而且，在装饰行业的一次座谈会上，也当着行业协会领导和众多同行发了牢骚：“最黑不过房地产商！”当然，他也是冲着个别房地产商的，“他们对钱的理解完全不是正常人的理解，他们的房子不管卖多贵，赚多少钱都不会给我们这些下游服务商正常付款，钱都哪儿去了？”

他极其愤慨地说：“给我们付的哪里是什么进度款，我看就是维稳款！见工人们闹得凶了就给一点，挤牙膏似的，灭灭火而已。”

愤慨归愤慨，没钱真没办法。当时他就开会决定，公司各级管理层干部一律取消当年的绩效奖金，带头过紧日子。

后来，考虑到廖绅两口子太辛苦，家庭负担重，万泮私下里给了他一万元的红包。

在他办公室，廖绅不接这个红包：“您这是干吗？泮总您真不把我当人呀，我不要。”

万泮心里五味杂陈，坚持道：“拿着吧，今年情况你比我清楚，这就是个心意，你上有老下有小的，给老人，老婆孩子，凑合着过个年吧。”

廖绅没见过万泮这么悲催的样子，这年景真的不好啊！他犹豫了一下：“唉，那谢谢老板了！”而后走前一步，拿起老板桌上的电话，“小华，来泮总办公室一下……嗯，再叫一位你同事一起过来。”

很快，成本部副经理小华带着预算员小曹走了进来：“廖总，啥事？”

“这一万块，你俩帮我装成红包，五十元的装上二十个，其余装成二十元的。”

“好啊好啊，”小华嘻嘻笑着说，“您这是要给我们发红包了吧哈哈哈，先谢谢您啦。”

“别谢我，谢谢老板吧。”

“好好，马上包好。”

说着就转身走出去了。

“回来回来——”

“咋啦？”

“分好了你俩一人先拿一个五十的包。”

小华扭头看了一眼跟在旁边脸蛋有些微红的小曹，“谢谢，谢谢廖总！”

看着她俩出了办公室，万汼低着的头慢慢抬起来，沉着声说：“廖绅呀廖绅，你这是打我的脸吧，嫌少了？”

“不不不，哪里，哪里啊汼总，嗐，啥也不说了我。”

廖绅没料到万汼会这么说，心里挺不是滋味，又挤出一句：“我哪敢抢老板您的风头，只是工作的确是要靠这些年轻人去做呀。大家都不容易啊！”

唉，这就是我的助手，我们的员工啊！

万汼一想起这些，心里总是沉甸甸的。

02-23

“没想到啊，哥。”

一回到下榻的酒店客房，拓钺就盯着他哥拓箜说道：“没想到他万汫的圣格美集团这几年成长得这么快！”口气里掩饰不住内心的那点儿焦灼。

拓箜紧抿着嘴，把身上的风衣脱下来随便一甩，径直走到里边一屁股靠坐在沙发上，脚往床边一搭，双眼在镜片后面一动不动直视着前方，看不清他把焦距定在哪里，也没有确切的焦点，让人觉得现在的他，瞳孔散大，内心茫然，脑子处于停转状态。

只有拓钺知道，这种时候，他哥的大脑正在飞转。

他哥就有这种本事，总能给人以和实际相反的印象。

他走近冰箱，取出两罐冰镇啤酒，“啪，啪”拉开了盖，静静地走近沙发，递给他哥一罐，自己也举起一罐“咕嘟”了一口。

“哥——”又是拓钺张口了，他有点疑惑，“今晚这种情况，我看我们跟他不在一个频道吧？”

拓筌还是没出声，只是把啤酒举到嘴边，轻轻呷了一口。也许觉得啤酒太冰，他嘴角一抿，“咝”的一声从牙缝里往回吸了口气。

他的目光转向了拓钺。

“这个人哪，百闻不如一见哪！”这拖腔拖调的话，听着像是拓筌从鼻子里发出来的声，含混不清，又像是自言自语，拓钺没明白他哥的意思。

“拓钺呀，你看——”拓筌抬抬手示意拓钺坐下，“你看万汫这个人，虽然不能说他刚愎自用，但也的确是个很有个性的人。很自我，是不？”

拓钺没想到他哥这么快就给万汫下了个结论——才不过一

面之交嘛。他看着他哥，未置可否。

“你看，今晚这顿饭，从头到尾都是他在掌控话语权。噢，当然了，他在主场，是主人。”

拓筌把头扭往一旁，眉间流出一点不平：“可我是初次登门的贵客，总该讲究个待客之道吧。”

“我看他不是挺热情吗？”拓钺还是没有很快品出来他哥这话的味道，只不过听着似乎有点酸。

“热情？呵呵，这你就不懂了。”拓筌轻轻摇摇头，眼睛里露出来清高的神色，“主人如果是真心热情，特别是如果有涵养，就应该多倾听来宾的言谈。倾听，懂吧，这才是待客之道哩。”

噢……拓钺琢磨着他哥的这一番话，感觉有点开悟：“对呀。这么说，我想起来了，这一晚上其实都是按着他的思路，领着我们跟他聊呀。”

“是啊——”拓筌呼出一口气，整个身子往下一松懈，语气里带点沮丧，“本来，我去主动拜访他，是想试探着把他整合到我们这个‘局’里面来的。可——”

他把搭在床边的脚收了回来，空着的那只手轻拍了一下大腿，又把啤酒罐往嘴边一送：“没承想，哼哼哼，被他带着玩了一晚上。”说着摇了摇头，嘴角往下一撇。

“这……那啥……”拓钺也跟着摇摇头，用手抓了抓后脑勺的小鬏鬏，不知该说什么好。

“来，你想想看。”拓筌站起身来在原地踱着慢步，微垂着头，像是跟拓钺说，又像是刚才那样在自言自语，“万汼一上来就敢说，他这次对这个酒店装饰投标是志在必夺。可见他对自己公司现有的业绩、行业知名度，还有他公司当下的品牌影响力，那是自信心十足啊！”

他看一眼拓钺：“明白吧。”

“明白。”

“这只是其一。”他看着拓钺说，“其二，你听他咋说——帮我们深化施工图；而且，把深化施工图折合的这部分工作量收益，通通让利给我们。也就是说白给我们干活儿，听明白了吧。”

他用肯定的语气，向拓钺说出这句疑问句，自己马上又肯定地说：“够聪明吧。”

拓钺站在他哥身边，眼睛瞪得溜圆，一言不发。

“聪明啊。”拓筌自顾自地继续说，“谁不知道呀，反正中标的施工单位，天经地义地必须要承担绘制竣工图的任务。帮我做设计修改，帮我做深化施工图，说得真好听！这岂不是等于提前做竣工图的准备工作吗？反正都是他的事，早一天晚一天都要做嘛。”他自己边说又边摇头，语气有点儿愤愤然：“然后又卖关子，说拜我为师，算是给我交的学费。瞧这个面子给我送的，嗨，这账算得真好！”

拓筌又坐回到沙发上，目光从滑落到鼻尖上的眼镜后面射出来，在房间的空气中来回游移着，脸上掠过一丝似笑非笑的表情，嘴里继续嘟囔：“得了便宜还卖乖。嗯，这个人，可没那么简单啊。”

他突然正色对着拓钺：“不要掉以轻心！”他咽了一口唾沫，下颌微微抖动了一下，“谦虚的傲然睥睨，低调的盛气凌人。城府够深呀！对了拓钺，这是其三，也许他背后有什么很硬的关系吗？这个，不得不防啊。”

拓钺毕竟是急性子，一听这话，梗着脖子就叫：“那，那咱该怎么办？”

“这样——”拓筌看了看腕表，“现在还不算太晚，你马上给那三家公司老总电话，要求他们今晚务必再对明天述标答标的准备工作，认认真真梳理一遍，特别是对商务标的二次报价环节，想明白咯，一定要按我们给他们制定好了的既定策略，配合好我们。”

“好，我这就去。”拓钺转身就往自己房间走去。

“回来。”

“怎么，还有啥吩咐？”

“说话注意点方式，别大大咧咧的，千万不可冒失。”

“放心，那……怎么会。”

“放心？哼。”拓筌干脆把他叫住，变得严厉起来，“你忘了上次啦，看你把那家老板给逼得——愣头青。”

一听这话，拓钺梗着的脖子马上就软了。见他哥的眉头皱得越来越紧，赶紧认了尿：“好啦好啦，总提那事干吗，后来不是也没啥事嘛。”

“没事，你还嫌自己惹得麻烦小吗？”

想起这件麻烦事，拓筌的气就不打一处来。

本来嘛，他和那家公司的老板已经初步达成意向了，对方答应配合着围一个装修工程的施工标。可隔了一天，对方老板提出要求，要拓筌公司支付他们三十万的围标配合费。拓筌当时觉得，干活儿出力，抬轿子收钱，行业里常有的现象，这个要求也不算出格吧，就想着把具体数额再压一压，能省则省。

可拓钺一听就急了，说人家瞧不起他，拿起电话操着一口京片子，就把那个老板呵斥了一通：“知道我这儿是哪儿吗？京华市文武装饰集团。文武装饰，你听说过没呀？我你，是瞧得起你，别他妈给脸不要脸！”

唉——你是谁呀，人家凭啥挨你的训呀！对方立马就回了一颗“软钉子”：“那就请贵公司另请高明呗。”

结果，拓钺歇斯底里了。

这种人，本事不大，就爱耍横。盲目的自负，起因于极端的自卑，他认为自己的脸皮已被严重撕伤，一股邪火冲上心头：“谁让咱叫文武装饰呀，我看我哥来文的不好使，我就给你来套武的，看你有多牛逼。”

他不知怎么弄到了那位老板的私宅电话，一个电话直接打到人家的家里。

对方电话里，转来一个小女孩的稚嫩声音：“喂，叔叔您找谁呀？”原来是老板的小女儿放学刚刚回家。

拓钺听见是个女孩子的声音，猜想是那位老板的孩子，就粗声大气地诈唬起来：“小姑娘，你听着，你爸欠了我的人情债，他回来你就告诉他，今天晚上我去你们家，你跟你爸讲，他要是不还我这个人情债，我就抓走他。”不等女孩有反应，他又补了一句，“你让他要小心哦！”说完，“咔嚓”一声挂了电话。

不一会儿工夫，那位老板就接到了女儿的电话。他第一感觉是女儿受到了恐吓，还没听完电话里女儿惊恐抽泣的叙说，他就已经明白发生了什么事——“哼，无赖！”

“你……你这也太鲁莽了吧，啊？这是我们干的事吗？简直像黑道！”拓笙狠狠地训斥了他弟一番。

没过几天，拓笙在办公室接到了有关部门领导打来的一个十分关切的质询电话：“拓笙君啊，有人举报你们文武装饰公司呢，千万别触红线踩地雷啊。”

说着说着打起了官腔：“别给我们政府惹麻烦，以后谁还敢支持你！看你呀，整天埋头搞设计，不理朝政，小心你那儿出了啥幺蛾子啊。”

幸亏没有既成事实，那次的风波也就烟消云散了。

“这次——”拓笙指着拓钺，“你可要慎之又慎啊。”

02-24

已经很晚了，万泮躺回到休息室床上，辗转反侧，难以入睡。

这些年来他最有感触的，就是弄明白了一个高能高效的公司团队，就跟一支能打胜仗的军队一样，既要有足智多谋的统帅，更要有骁勇善战的士兵。而这，要靠执着的严格训练和系统性的培养。

他几次听到过有些自认为事业有成的老板习惯了颐指气使，开会的时候常常喋喋不休地跟自己公司的员工们说：离开公司这个平台，你们算什么！

他们意识不到，这是一种无知的傲慢。

记得那次他真动了气。也是在一次装饰行业的小型座谈会上，一个自命不凡的老板高调鼓吹："我要把公司打造成行业最大的平台。"

装饰行业的所谓"平台"，大家都知道，就是自己的公司不亲自做装修施工项目，而是拉各路老板带着装修项目来挂靠公司，收管理费，挣这种省心省力的钱。

万泮可不！万泮是纯粹而坚定的"工匠精神"奉行者。他当时就把那位老板怼了回去："平台化？你这是谎言！都去搞挂靠平台，还不把工匠精神消磨殆尽？你这样玩下去，迟早毁了你自己的企业，还要污染了行业。"

现在都想赚快钱，崇尚一夜暴富，谁还理他这一套。对方鼻子里轻蔑地"哼"一声，送他一个睥睨的眼神。

万泮窝了一肚子火：他想不明白，是谁把公司这种企业的社会组织形容为"平台"的？他认为平台只是个二维平面，而公司是个活生生的有机体。具有复杂的运营机制和丰富的社会活动，不是一个二维平面就能完全展现的。如果有谁非要想把公司形容成追求人生愿景、进行利益博弈的一处场所，那也应该称之为"舞台"比较贴切吧。因为，舞台是多维度的。在舞台上，有环境的要素、有事件的发生、有剧情的冲突，最为重要的，是有“角色”在表述着各类人物的社会活动空间，和他们纵横交错、缠绕多变的社会利益关系。

万泮的心里，就是想把公司打造成员工们的舞台，让他们各展其才、各尽所能、各得其利。

当然，他心里揣着的那个终极期望，还是想看到大家的价值观逐渐趋同，所有员工能集合成一个理想和利益的共同体。这才是他心中完美的公司。

为此，这些年来公司下了不少工夫。

人资总监在年终总结中提到过去的一年，公司总部的员工接受培训的时间，平均每人超过了两百小时！

“有这么多吗？”万泮似信非信。

“是的。分两大类，一类是装饰协会举办的行业培训，比如执业上岗证考试培训、专家库任职培训等等。另外就是我们公司的内部培训，从入职培训开始，全员全岗不间断培训……好多名堂呢。”人资总监肯定地回答道。

这么一说……万泮也意识到这方面投入真的不菲。“时间就是金钱”，脑子里一下冒出这句风靡一时的口号，更让他感到这是一笔不小的成本。

“这么多名堂，都有必要吗？”

“那说的，哪个培训没必要啊。”人资总监噘噘嘴，带点儿戏谑的表情，“再说啦，好多都是您弄的鬼名堂……”

“啊？”

“哈哈哈，您说吧，我们哪儿知道有没有必要呀。”

噢！万泮突然有所醒悟：这是指“月末家庭作业”吧。

是的。为了提升工作质量和工作效率，万泮出了个主意：要求人资部在每个月最后一周的周末，给在公司总部办公的全体员工，都布置家庭作业。作业内容很简单：就是要求每人手写一遍自己的岗位职责和工作流程。硬性要求必须手写。周一上班交回人资部。

他要用最笨的办法，让每个人把自己的工作职责牢牢地刻印在脑子里，融入血液中，以此来提升员工团队“标准化、规范化、精细化”的执业素养。

时间一长，大家对这种简单重复的“笨办法”颇有微词，但都知道是泮总出的“鬼名堂”，谁都不愿吱声，只得默默承受。有几次，人资总监曾拐弯抹角流露过异议：

“泮总，某某这周末要带老人去医院。”

“泮总，谁谁这周末要带孩子去参加亲子活动。”

“泮总……”

万泮对这类问题不能置若罔闻，但也不会揽过来亲自处理，便道：“你酌情处理吧。”

后来人资总监跟他说：“泮总，周末可是员工的法定假期哦，我们一年要占用大家好几十个钟头呢。”

“谁让你违反国家规定了？”

于是，这事后来变了个法儿，万泮也没再死盯。

他虽然没再死盯这事，可又热衷于亲自带着公司员工去野外搞什么“拓展训练”。

他带大家去“拓展训练”的地方，是距鹏湾市不远的所谓中国的“装饰之乡”。

其实，中国的“装饰之乡”只是一个传说。他们去的地方，不过是一片绵延的偏僻小山村而已。

这些星星点点的小村落隐藏在南岭的青山绿水之中，镶嵌在北回归线之上，自古以来一贯贫瘠。每年的太阳走到这里，都懒得多俯瞰下面一眼，就掉头往地球的南面飘去。世代生活于此的村民们倒不会对此有所微言，而是怀揣梦想，追着太阳向南，向南，向南——远处，就是传说中令人神往的致富南洋。

闯南洋的故事在这一带流传了有几代人了，不过只是村民们口口相传的口头文学。真正能看得见，摸得着，最真实存在的，就要去看看散落在各个村落，由南洋带回来的那些别致的“小洋楼”了。

这座座小洋楼都是村民的先辈们闯南洋多年后，带回的血汗积蓄，跨海返航后回乡置业的家产。先辈们用毕生心血，只为了却一番光耀先祖、荫佑子孙的心愿。小洋楼造型各异，故事不同。但有一点是共同的，那就是营造它们的匠人，正是这“装饰之乡”的先辈。先辈们的匠心匠意，正是现今装饰行业的血脉。

万泮的用心正在于此，他就是要带着今天的年轻人，去装饰之乡“寻根问祖”。

面对这一栋栋年逾“百岁”的小洋楼，凝视着那些被岁月磨砺而历久弥新的窗棂护栏，抚摸着块块饱经沧桑却风韵犹存的石砖瓷片，年轻人，你们仔细动动脑子，看看从先辈那里走出来的，是怎样的“工匠”。想想“工匠精神”究竟意味着什么。再好好问问自己，现在还理解不理解“追求卓越，精益求精”“百年大计，质量第一”的真实含义！

万汴这一招，收到了奇效。

所有员工们既感慨获益，又得到心灵的启迪，实在是极受欢迎的所谓“拓展训练”。

但对管理团队的培训，万汴根本不满足于此。

他总是有新花招。

不久，他自己又隔三岔五地抽空去一些制造业和高新技术企业考察学习，回来后就给管理团队开会，还亲自做培训讲师。他从心底认为“标准化，规范化，精细化”的体系，就是我们这个传统装修行业学习的样板、标杆。

万汴这种持续的努力，已经慢慢积淀成了圣格美装饰集团的企业文化底色。

只要躺在床上，万汴脑子里总爱翻腾这些事。

他转了转有点僵直的脖子，颈椎“咔啦，咔啦”地响。他知道，他的颈椎劳损有些日子了，严重的时候肩背发麻，甚至视物障碍，出现晕眩。医生也几次提醒过：千万不要再长时间靠在床头上看书了！

他侧身想往起坐，又听到“答滴答，答滴答”连着几声。

这声音不像是来自脖子的，只见放在床头柜上的手机屏显示灯急促地一闪一闪。

这么晚了，会是谁呀？

本不想理会了，可又像是有点心电感应似的，反正也睡不踏实，万泮拿起了手机。

果然，有两条刚刚进来的微信。

若谷：“老板，这么晚打扰，廖绅刚刚到家，估计您也还没休息吧。牛二的欠薪事件昨晚已查清，问题出在陈工那儿。详细情况和有关旁证材料我已发到您的邮箱，请您抽空详阅。明天上午若有空，我可详细汇报。”

万泮的脑子里顿时出现一阵“嗡嗡”声，血压瞬间有所升高。他最恨的就是这种事，为了一己私利，甚至就是一点点蝇头小利，去挖空心思克扣工人血汗钱！当然，也许不是克扣工钱，而是拉拢个别工头，沆瀣一气，骗取公款！

是自己的教育不得法不到位吗，还是公司的管理制度有缺陷有漏洞，还是人性之恶？

万泮很痛苦，这是自己的失败，必须反省，他不愿往下想了。

越是烫手的事，越得冷处理。明天再说。

万泮让自己冷静了一下，告诫自己何必犯急，还是先看看妻子老蜜发来的语音吧。

他摁住老蜜的微信留言，转换成扬声器播放模式，却感觉像是耳鬓厮磨般的亲昵声：“大泮，没人呵护你，早点休息别熬夜。我的工作也刚完成，晚安，明儿见。”电话里的声音停顿了一下，就又听老蜜说，“白天我给咱儿子去电话了，他也挺忙，一切都好，不必挂念。”

他听见老蜜在手机里的声音有一点沙哑，但总是暖暖的。他们的独生儿子大学毕业后就留在了外地工作，很少回家。多年来，他们两口子养成了习惯，再忙再累，每天也要抽空跟儿子通一次电话，关心一下，维系着这份亲情。

唉，其实别说关心儿子了，就他俩老夫老妻的，大半辈子都是各忙各的，聚少离多，相互间真的呵护不到啊。别说呵护了，就连共进晚餐的机会也不多啊。这年头，今非昔比啦，友情、爱情、亲情，都得让位给商情呀。

万泮的鼻子轻易不会发酸，只是，这会儿他觉得真疲倦，眼睛渐渐发涩，神志也慢慢模糊了……

02-25

“喂，请问是万泮吗？”手机里传来一位长者的声音，低沉淳厚，慢条斯理。

听着这么富有磁性的声音，万泮心里琢磨：是谁呀？

“是啊，我是万泮，请问您是？”

“我是京华大学的汪纬呀。”

啊？万泮大吃一惊，难怪听着这么熟悉。

“是汪先生呀。”学院里尊称德高望重的资深教授为“先生”，是很久远的传统了。

“是啊，是啊。”

“您好啊汪先生，学生失礼啦。您身体还好吧。”

太突然了，万浒万万没想到，他一时不知道该怎样和汪教授打招呼。

“电话里不说这么多了。”汪纬教授打断万浒的话，“你明天过我这儿一趟吧。”

“啊？汪先生您有什么就请吩咐吧，我在鹏湾市呢。”

“知道，我明天下午在学院等着你。”

自从京华大学建筑学院室内装饰设计培训班结业，到现在有十好几年了吧？老师突然出现，不知从何途径找到的他，虽然丈二和尚摸不着头脑，可一定是有什么重要的事。万浒不敢怠慢，立即预订了第二天的早发航班。

下午三点，万浒准时出现在汪纬教授的工作室。

教授起身迎过来，拉住万浒的手，盯了他两秒钟，笑眯眯地说：“哎哟喂，有模有样的，像个大老板呀，哈哈哈。”

“哪里哪里。”万浒面带羞涩，看看已经七十多岁的汪纬教授，“您这么大年纪了，还是当年那般精气神呀。”说着竖了竖大拇指，依照教授的示意，坐在他的写字台旁边。

“万浒啊。”教授点了点台面上的一些手绘草图，又顺手拿起旁边一个薄薄的册子。

万汼扫了一眼，那是当年装饰设计培训班结业时印制的通讯录，班里同学人手一册。

“这个花名册呀，我翻了好几遍。”教授还是当老师的习惯，把通讯录称之为花名册。

“这一个班里呀，据说，毕业之后，真正进了装饰行业吃了这碗装修饭的，仅你一人呀！”

“是吗？”万汼也觉得很惊讶。

“可不嘛。”汪教授又端详着万汼，“我还问了不少人，”他点点花名册，“就这里边你们的这些同学，还找到了你的原单位那里，费不少劲，才把你挖出来的。”

万汼心里有一点紧张：汪先生这么严谨的大学者，费着劲来找我，那一定不会是件寻常事吧。

“哎呀真是抱歉，让先生费心啦。”万汼说着就垂下头往前躬了躬身子。

“不说这个了，你也是大忙人，老师就一件事跟你聊聊。”

说着，汪教授把台面上那几张手绘草图拿过来：“你看，这些个草稿图案，实际上已经通过领导们的拍板定案了。”

万汼往前伸伸脖子，一眼就看出，那是个很大的厅堂。天花板上，沥粉彩绘古风浓郁，四周墙面、画柱、雕窗雅韵飞扬。

他忍不住拿过手里来仔细翻看了几张：果然是出自大师之手啊！赞叹，由不得从嘴里发出声来："真棒，古韵绵延流淌，现代感又极强！这是哪儿呀？"

"呵呵，详细的我就不多说了。你知道吗？"看着万汼瞪大的眼睛，汪教授收敛起笑容，"大家都知道，明年，我们国家要办一件非常重要的政务活动，这个厅堂，就是为迎接这件重要国事准备的。"

哦，万汼心里明白了，他的老师一定是主持这个厅堂装饰设计的总负责人！他知道，老师长久以来一直是许许多多国家重点项目的室内装饰设计总负责人。

"太钦佩您啦，汪先生！"

可是，他还不明白汪教授把他找来是何缘由。他小心谨慎地面向汪教授流露出探寻的眼神。

汪教授神态自若，他还是顺着自己的思路继续说："找你呢，是想让你配合一些具体工作。"

“啊？”万泮很吃惊，“我能做些啥呀？”

“你看，我这一茬一茬的学生，都还是做设计的。真正搞了装修施工的，目前知道的就你一个。”汪教授不紧不慢地说，“你也知道，做设计的呢，虽然也时常跑现场下工地，但对施工过程中的一些具体技术方法，一些构造方法，未必很熟悉。”

噢，万泮心里有些明白了。

“万泮啊，这就是我想请你协助我的一部分工作内容，就是配合我，把施工图中的一些特殊部位的构造，用大样图详细地表现出来，让它的构造方法具体化。”

万泮点点头，以示明白。

“还有，”汪教授接着说，“要把这些特殊构造具体化，一定会涉及具体的装修材料，是吧。”

“是的，不同材料是不同的构造做法。”

“所以，还得费心帮帮我，寻找、提供具体的主要饰面材料的实物样板。”啊，汪先生已经考虑得这么细致周全了！

万泮只是点头没吱声，静静听着汪教授的叙说。

“因为，我要详细了解清楚所有材料的相貌、品质、产地、价格，特别是环保标准。”

汪教授也朝着万泮点点头：“你知道，任务很重要，不能有一丝一毫马虎，我们要对国家负责。”

“明白。”话出口时，万泮的身子坐得很直。

“那就好。”汪教授脸上浮出微笑，拍拍万泮的肩膀，“那就拜托你啦。”

万泮下意识地站立起来，一个立正：“谢谢先生信任，保证完成任务。”

当晚，万泮返回了鹏湾市。

这是一件繁杂而又细致的工作。他第一次在老师亲自指导下，跟着老师实战。虽然，所有工作都是在老师给出的设计图上，配合进行图纸深化，跟装饰施工没有直接关系。但万泮确信，这是一次非常难得的宝贵经历。他心底萌生出微微的但很跃动的念头，有没有机会配合老师，去参与这样国家级重大项目的施工任务呢？

他明明知道这是一个奢望，但还是在一个适当的时机，委婉含蓄地流露出了这个难以遏制的心声。

汪纬教授很理解，也很直白：“万泮啊，目前，我说的是目前，这类特殊任务，都是政府直接指派央企系统最高资质的直属设计和施工单位来承担，首先要政治可靠，技术过硬。如果——我是说如果啊，今后有了公开招投标的机会，相信你万泮是一定能够把握好的。”

02-26

万泮醒了。

他很纳闷儿，今晚怎么了？哪来的这么多事？

噢，这正是应了那句“日有所思，夜有所梦”呀。昨晚和拓塋君酒席中聊到了共同的老师汪纬教授，刚才就梦到他老人家了。万泮脑子里又泛出一些后来和老师的工作交往影像，嘴角不免流露出一丝惬意。

他习惯性地看了下手机上的时间，三点多了！按说，这个时辰，正是要深睡眠的呀！

万泮身体底子好，总体上很健康，所以不得病，也就没啥医学常识。只是上次不小心得了一回肺脓肿之后，才学了一点，知道了按中医的说法，半夜三点到五点，是寅时，是肺经当令的时辰。这个时间段睡眠质量好的人，就能起到养肺的作用。肺气顺畅，人就会面色红润，精力充沛。

难怪我的肺会遭罪——他自嘲了一下。

不过，今晚他感到不太对劲，心里总是忐忑不安。

他的军旅生涯对他影响至深，他习惯于“大战前的寂静”：越寂静，越兴奋；越寂静，越期待。但也有可能出现反向感觉：越寂静，越恐惧。那种复杂感觉，是在万籁俱静之中，能闻到令人窒息的浓烈硝烟，能听到震耳欲聋的轰隆炮声，甚至眼前会出现幻觉，看到了血与火拼杀的惨烈场面。

可他万汼不同呀。他万汼体验过悲欢离合，见识过阴晴圆缺，他有强悍的心理素养呀。这个时辰，应该是万事齐备，心静如水，安安稳稳地躺在床上养精蓄锐，静待旭日东升，以充沛的战斗姿态去迎接即将到来的投标大战。这，才是万汼的本色呀！

可今晚到底怎么了？

万汼索性起身，出了休息室，穿着睡衣睡裤坐到了写字台前。

反正现在了无睡意，不如就“开工”吧。做工的人，习惯把上班开始工作直接叫作“开工”。

他打开电脑，进了自己的邮箱。

若谷的邮件是在两个多小时前发来的，有五六页。其中有三个电话录音，分别是若谷跟牛二和陈工的通话，还有一个是跟陈工项目上的资料员小赵的通话。另两页是牛二和资料员小赵手写材料的照片。

万泮点开录音听了起来。

……前面若谷和陈工客套了两句，很快就切入主题了：

若谷：“其他先放放，你还是把为啥不按时签发施工班组工资表的原因说说吧。”

陈工：“哎呀，没啥原因。就是年底了，项目上杂事太多，顾不过来，一时疏忽嘛。”

若谷：“不会吧，这是一件走流程的例行工作，怎么会顾不过来呢？”

陈工：“唉，我知道。可工地上一到年底，乱得跟啥似的，这你知道吧。”

若谷：“知道我还问你？陈工啊，你可是资深项目经理啦，全公司几十个在建项目，上百个施工班组，没一个拖欠工人工资的呀。”

陈工：“哎呀若谷姐，你可千万别往其他方面想啊。”陈工一着急，赶紧和若谷套近乎。

若谷：“不是我瞎想，你拖一两天也情有可原，可你拖到现在没签，把人家牛二逼急了，你让我说啥？”

陈工：“哎呀若谷姐你可别冤枉我啊，真的是一时疏忽，抱歉抱歉，马上签马上签，一定下不为例！”

……

后面翻来覆去都是俩人的“车轱辘”话，陈工为“一时疏忽”紧着劲抱歉，若谷也没辙。

万汻又点开若谷和牛二的通话录音。

牛二反正已经把状告到万汻那儿了，无所顾忌了，上来就是一通牢骚：

牛二：“若谷姐，我也是被逼得没办法呀，有饭大家吃，我们搞这行的还不懂这点小道理吗？”

若谷：“你别着急，牛二。你说有饭大家吃这我理解，工地上忙了一天，大家收工了一起吃吃喝喝，这很正常呀。”

牛二：“唉，我不是这个意思。”

若谷：“啊，那是啥意思？”

牛二：“若谷姐，你天天窝在办公室里可能不知道，这么说吧，他是要我给他上供呀。”

若谷：“上供？你是说——”

牛二：“是呀，他就是想要‘抽水’。”

若谷：“‘抽水’？这我能听明白。难道是想从你的工钱里给他提成吗，他真的跟你提这种要求啦？”

牛二：“是啊若谷姐，他非要‘抽水’，我不答应。我说现在工钱这么低，哪能孝敬你呀。”

若谷：“那他怎么说？”

牛二：“他说那我不管，你自己想办法。意思是我不满足他的要求他就不给我签发工资。”

若谷：“牛二呀，那你应该早点跟公司说呀，你自己能有什么办法。”

牛二：“是啊，我能有啥办法。可他的意思是让我篡改出工考勤记录，从公司那儿虚报冒领工资，多出来的那部分提取出来给他上供。”

若谷："啊，不可能有这事吧？牛二。大家出来做工，都想多多挣钱，这没错。可你说他给你支这种招儿，这可是一个品行问题啊，涉及本人的声誉，会影响人家的职场生涯的，你可要对自己说的话负责呀。"

万泮听到这儿，觉得若谷确实有素养。

这年头出来打一份工实在不容易，虽说钱不是万能的，但没有钱是万万不能的，想来这是社会发展的一个阶段吧。

万泮也说不清楚，他没有政治经济学的理论知识，更不具备社会学家们那种宏大的思维头脑。可他就是朴素地认为，再怎么的，也不能为了一己私利，而不择手段。

他知道，他自己从小到大被灌输的"大公无私"的价值体系，通过自己多年的社会生活实践，也觉得，虽说不能算是挑战人性底线，但也的确和人性有着较大的距离。尽管如此，他自己的内心，还是把"克己奉公"，视为一种高尚的操守，他把它当作一种美好小心存放在内心深处。如果有这样的人站在他面前，他一定会表达充分的敬意。反过来，如果被他看到很"自私"的人和事，他会本能地流露出鄙视，至少会保持距离，不屑与其为伍。

唉，想多了……

万汼接着听后面的录音。

牛二：“我说的都是实话呀。他就是想让我这么搞嘛，他说很多人都是这么处理的。”

那边若谷一阵沉默。

牛二：“若谷姐，你知道我，别人怎么弄，和我无关。可我是被汼总嘉奖过的，给我发过大红包，还给我带过大红花的！我不能丢了汼总的脸呀。”

若谷又是一阵沉默。片刻，若谷：“好了，牛二，那后来呢？”

牛二：“后来？没有后来了，就这么一直僵持着，一直僵到现在。”

若谷：“好吧，这样，你给我手写个证明，就说你电话里跟我说的情况属实。”

“行。”牛二不含糊，就此挂了电话。

都听听吧，万汼又摁开了第三份录音：

若谷：“你好小赵，我是若谷。”

小赵：“若谷姐你好，有啥指示吗？”听着话音很轻松。

公司年轻人们都很尊敬若谷，倒不全是看在她的特殊身份上，主要还是她多年以来都在兢兢业业埋头做事，特别是善于协作，乐于协作，自然在员工们中间有了良好形象。

若谷：“不客气。小赵啊，你跟我说，你那边施工班组的考勤表都正常吧？”

小赵：“正常啊，怎么啦？”听得出来小赵有点纳闷。

若谷：“没啥。就是既然都正常，为啥牛二班组去年年终的工资，到现在还没发放呢？你知道啥原因吗？”

小赵：“这……若谷姐，你知道我只负责做考勤表，发不发放工资不是我管的事呀。”

显然，小赵是有警觉的。

若谷：“这我清楚。小赵，我是说你发没发现下面班组有虚报出勤的情况？”

小赵：“没有啊。若谷姐你问这是啥意思？”

若谷：“哦，没什么。是我听说有个别班组有虚报出勤的事情，我就挨个儿了解了解情况。”

小赵：“噢，是这样啊。这你放心，我每天都要在工地清点出工人数，上下午两次呢。我这儿绝不会发生这种事情！我们做事都是有底线的，这你知道。”

小赵急着表白自己，话语很肯定，很自信。

若谷：“好了，那就打扰你了，我俩说的话到此为止，不宜外传。忙吧。”录音“嘟”的一声结束了。

万泮直起身往后靠在椅背上，他心里已经有了数：看来，陈工的一点小心思，还一直只是个痴想，并没有形成实事。

但万泮的心里还是一阵阵波涌。他是一个完美主义者，自己公司里的员工产生这类想法，出现这种他最不喜欢的事，他心里很撮火。他想起蔡师傅曾给他提过的醒，这才感到有所开悟：看人呀，还是要闻其言，观其行，才能有所判断呀。

可他又有一副与人为善的心肠，很容易自责。他深知眼下职场上的年轻人压力大，一时糊涂难免产生邪念，除了价值观的导向作用，这里面深层次的缘由还是需要慎重探究的。作为公司领导，企业主要负责人，难道，不应该秉持教育疏导，治病救人的原则吗？

万泮把手机打开，拉了个临时的工作小群，随即编了一则通知发了出去：

会议通知

时间：今天早晨8：00。

地点：公司小会议室。

议题：研究解决牛二班组薪酬遗留问题。

参会人员：人资总监、若谷、陈工、万浒。

会议主持：若谷。

会议要求：当日事，当日毕。

02-27

此刻，正是夜空最暗时分。

远处春雷似乎越滚越近，低缓的频率和万汼现在的心率非常接近，几乎快要引起共振。这让他坐卧不宁。

外面，淅淅沥沥飘落着春雨。细细的雨丝染着半空中迷离的夜光，飞梭银丝般从窗前滑过。映在窗上的树影，在微风里晃动着，像是仙女的一双纤手在上下翻飞，为四面八方涌到这里来的进城务工者，编织着诱人的都市梦。

仲春的雨声最撩人，委婉、缠绵。古往今来，无数文人墨客为这春夜、春雨，构想了多少画面，抛洒了多少痴情。

万泮自认为是个工匠，可他骨子里压根儿又有那么一丁点儿文人情调，这会儿的脑子里，冒出了一首诗：

好雨知时节，当春乃发生。

随风潜入夜，润物细无声。

这是他仅有的记在心里的诗。其实，他根本就没考究过，也不晓得他知不知道，这只是半首诗。可他从来也就没在意过，后面还有什么诗句。他觉得，这就足够完美了。他有他自己的审美观，从心底认为这四句诗，完全是为了一类特殊的人群——老师，专门描绘的最美画像。

他甚至真的跟几位文化人争执过，说这首诗不是在画景，而是在画人，画的就是老师——不信你就慢慢读，多读几遍，你就读出了其中的师貌、师品及师德。总之，你就会从诗句的字里行间，看到心中最崇敬的人。

万泮之所以对这么一首妇孺皆知的唐诗有这么与众不同的特殊感触，是因为他很庆幸，在自己的成长道路上，总能遇到这样的为人师者；而且，是在不经意间，但却恰恰是最关键最需要的节骨眼上，师者就出现了。当然，他也不否认，这是自己日积月累坚韧努力的命运造化。

历史机遇终于眷顾了他。

那年，一座殿堂级的国家政务大厅装修改造工程公开招投标。他的老师汪纬教授，仍然担任这个重大项目的总设计师。汪教授默默地将他和他的圣格美装饰集团推荐到了招标单位那里。

机遇造就英雄，英雄书写历史。那次，万泮倾注了全部心血，把握住了机遇，在和一些国家级优秀企业的激烈竞争中，圣格美装饰集团成为世纪黑马，真的中标了！

……

项目胜利竣工后，万泮在竣工验收庆功会上，身心充溢着喜悦和自豪，他做了总结经验式的即席发言：“对我们而言，这是一项历史性的硕果，我们奉献了全部努力，也实现了自身价值。”

他望着会场里的甲方领导，装饰行业领导和相关单位的与会者，看得出大家眼睛里满满的全是赞许。于是，他更加自信地说：“诚惶诚恐地走完了全过程，我有三点感受与大家共勉：

第一，精湛的复合型技术。这个项目我们是装饰总承包，就是说除了正常的精装修之外，还要对20世纪50年代的土建工程全面拆建，还要对水电、空调、消防、安防等各个专业进行统一整改，更要对中国古建筑的沥粉彩绘等传统工艺复活再现。如果没有精湛的复合型技术，想要完成这样复杂的多专业技术改造加新建的项目，是无法想象的。

第二，严谨的综合性管理。这样复杂的项目，仅有技术层面上的优势，还远远不够。因为在这里，繁忙而紧张的国事活动和政务工作，二十四小时随时都在进行，任何时候任何情况下，都不允许对这里的办公环境发生丝毫干扰或影响。其次，装饰公司一进场，不管你愿不愿意，都要和所有的专业分包商建立和产生这样那样的工作关系，甚至还要对场地安全保卫负起直接责任。可想而知，如果没有严谨的综合协调管理能力，怎么能胜任总承包的角色！”

会场里鸦雀无声，万汼越讲越动情。

“第三，紧张的日日夜夜过去后，我们的参建员工发自肺腑地说：所有的汗水和辛劳，都化成了骄傲和自豪！为什么骄傲，为什么自豪？能在这神圣殿堂里留下光彩手笔而骄傲；报效了祖国，实现了自我价值而自豪！听听，工人弟兄们这简单的朴素话语，折射出了多么高尚的职业操守、鲜明的公民意识，一颗自觉的主人翁之心和一份强烈的政治责任感。”

万泮滔滔不绝一口气讲完了他的心里话，引来全场的热烈掌声。他有点激动，望着面前已经起身，准备离开会场的众多领导振臂一呼：“我们一定不会辜负领导的信任和支持，趁此东风再攀高峰，争做行业翘楚！”

周围又是一片赞许声、喝彩声，但也能听出一些随声附和的恭维声。他觉得自己脑袋挺热，紧走几步追上了前面的装饰协会会长：

“会长——”他非常诚恳地说，“等返回鹏湾市，我专门请您到我们公司，好好指导一下我们。”

会长慢下脚步，回转脸来，向着万泮微微点了两下头，双眼溢满了由衷的赞叹：“万泮啊，泮总，干得不错。你这回给自己长足了脸，也为咱鹏湾市装饰行业争了光。”

说着，会长的两只大手重重地拍在万泮肩膀上。

“会长您夸奖。”万泮客气了一句，又被企业家的职业惯性带出来一句，“还得您多多指导，我们再接再厉呀。”

“哎——你这话是自己说的，自己可得要记住啊。”会长语重心长，“万泮啊，咱民企每前进一步都不容易呀。这种时候——”会长审慎地盯了万泮一眼，放低了声调，“我是说在这种高光时刻，自己要清醒，戒骄戒躁，才能再接再厉呀。”

万泮的脚步慢了下来，会长的两句话，他觉得像两针清醒剂，脑袋不像刚才那么热了。

“会长——”他握住对方的手，“这是今天我听到最有价值的话，您提醒得对，忠言。”

“是啊！”会长若有所思，干脆和万泮沿着走廊边上边走边聊起来。

“泮总啊，咱自己的才智都是很有限的，不要以为自己无所不能，更不要以为自己真的卓尔不凡。你的所谓成功，只是看起来比他人多做出一些成就而已。”

万泮听得出来，这是些推心置腹的话。当周围一片赞誉声时，有人出来给你降温，这就是良师益友。没有真诚，没有把你当成朋友，谁也不会轻易说出这些的话。他深有感触地点点头：“您说得对。”

“但就这些成就而言，也不能说明你就一定比别人聪明，更多的是你有幸赶上了时代潮流。你想想，我们身处在什么潮流里？是亘古未有的建设狂潮！狂潮，你懂吧？你的幸运，就是偶然成了弄潮儿，是时代潮流把你推到了成功人士的行列，准确地说，是一个人顺势而为的自然结果。”

“的确是这样，我也一直是这样想的。”

“当然，汼总啊，你一定是比别人多了一份努力，多了一份付出，你也许的确比别人更聪明一点，或者更坚韧执着一些。可是你想想，具备了这些优良品质，如没有时代潮流风起云涌，一切努力岂不是有可能随风而去？比你聪明努力的人多了去了，为啥你比他们成功？”

会长讲得很深、很透。万汼听得很明白，但他还是不想正面回答：“您说呢？”

会长一字一句地说：“所以呀，要记住这两句古训：应运而行，顺势而为。”

万汼仔细品味着这两句古话的现实含义。

会长拍拍他肩膀：“按说呢，你这头汼啊，不管是水牛、土牛，都应该是老黄牛的脾性呀。呵呵呵，牛脾气可不是张扬的，而是默默的坚韧，低调地知难而上，这才像你万汼吧。”

万汼有点不好意思，可又很钦佩会长这种先抑后扬、启而后发的谈话艺术，他非常感激：“会长，您说得太有哲理了。谢谢您啦！”他握紧会长的双手，恳切地再次邀请，“您一定要抽空来我们公司，给我的管理团队好好上上课。”万泮想起了古人常说的：听君一席话，胜读十年书。

“会长，您不是总在倡导校企合作、互派讲师吗？您应该到各个装饰企业巡讲，做我们的创业导师呀。”

两人双目对视，会心地哈哈笑了起来。

……

那年春节，万泮心血来潮，自己提笔亲自给公司写了副春联，春联里糅进了会长给他讲的古训箴言，张贴在公司主入口：

上联：应运而行事事盛

下联：顺势而为步步赢

横批：业兴庭芳

正月初八，春节假期结束，员工们返回公司上班。

哇，好兆头！大家一片欢呼。公司门前院子里的凤凰树，像伞一样张开的大树冠上，开满了红艳艳的花朵。

02-28

事情过去几年了。

万泮每每想起来，都还怀着深深的感恩之情。是的，他发自内心地感恩这个社会，感恩这个时代；感恩师长领导，感恩跟自己一起拼搏的公司同仁。

那年春节，他也从百忙中抽了几天时间专程赶回老家去，探望年迈的妈妈。出来闯荡事业这么多年，再怎么忙，每年一定会抽出点时间回老家探望自己的妈妈，这也是他心里唯一的一点牵挂。

老人家心细，听着他只是叙说在外工作的开心事，知道这是儿子的一番孝心，想让老妈高兴。老人家一点儿不糊涂，絮絮叨叨不停地指点他：“儿呀，你们呀，你们这一代人，是最幸运的一代人哪！”

“为啥呀？”不管多大年纪，只要在妈跟前，做儿子的心里，总是想让自己成为妈心里的骄傲。

“你儿子可不是靠运气的，咱是老老实实在外头靠自己的真本事拼搏呀。”

“你没明白妈的意思，妈可是跟你说过不止一次啦。”

“啊？噢！”

万泮先是一怔，马上就明白了，老妈妈是说过好多次了：

“孩子呀……”八十多岁的老妈妈每次都这么语重心长，“你们是咱中国自古以来唯一没有经历过战乱的一代人啊，你可要懂得珍惜这个时代呀！”

老妈妈从娘胎里一出来，就是在战乱中颠沛流离。为了读点书识点字，受尽了苦难，所以她才有这么沉痛的感慨。

万泮怎么会记不住呢，他也反复琢磨过老妈妈的这句话。

从他记事起，听老一辈说得最多的话，就是：千万不要身在福中不知福呀！

岁月静好。可有谁知道，这四个字的后面，有多少人在勤奋耕耘，在默默付出，在负重前行。

是啊，对一路上支持过他，帮助过他，理解他的所有人，万汼是铭记在心，发自肺腑地感激。特别是协会会长，他们的交集不是一天两天了。何况，会长本身也是在装饰行业摸爬滚打半辈子的人，两人在一起有说不完的话题。

那天竣工验收庆功会结束之后，两人相谈甚欢，意犹未尽，看着已经到了饭点儿，就走进路边一爿小吃店，边吃边接着聊了起来。

“会长啊——”万汼接着前面的话茬子，往深里探了探：“刚才说校企联动，互派讲师，这对我们装饰企业非常有帮助呀，为啥不加大推进力度呢？”

“你说很有帮助，那你说说究竟有什么帮助？”

“您知道呀还问我——”万汼一笑，“我们这个行业早期的大部分从业人员都是农民工出身，谁有机会接受系统的职业训练呢？”

他再看一眼会长：“全国装饰市场每年这么大的产值规模，而且新技术新工艺层出不穷，所以，提高全员从业素质，这个需求很迫切呀！”他见会长没吭声，又加强了一点语气，“再说，一支没有文化的军队是愚蠢的军队。那我们企业呢？一个没有文化的企业，岂不就是一群乌合之众吗，怎么能打胜仗呢？”

“嗯，你说得对。不过，不是不加大推进力度，实际上已经尝试很久了，只不过还没有形成气候。”会长沉吟片刻，“我们正是意识到了这一点。所以呀，就是要形成一种机制，目的是期望把学校的书本知识，能通过企业转化为生产力；而企业在生产第一线的实践和管理经验，能通过讲台变为学生们间接的感性的生产实践知识。”

万泮觉得，会长讲的跟自己想的完全合拍，他心里的很多话都被勾了起来：“我早来拜访您就好了！”

“呵呵呵，现在也不晚嘛。”

“是啊，这方面，我也在默默地探索很久了，说真的，也已经尝试着迈出一点小小的实践步子了。”

“噢？说说。”

“是这样，您注意到那位京华大学建筑学院环艺系的汪教授了吧，我曾经做过他三个月的学生呢。”

“嗯，你这经历我似乎听说过。”

“后来他在我的创业过程中给予很大支持帮助。我们工作交往多了之后，我就产生了想法……”

“呵呵，你汴总一贯就是个有想法的人呀。这次是怎么个想法？”会长笑眯眯地问道。

“后来，我就提出请汪先生出山坐镇，以京华大学建筑学院的名义，跟我们圣格美装饰集团合作，在我们集团挂牌成立‘京华大学建筑学院鹏湾市装饰设计研究中心’。”

“啊？”会长一下子兴奋起来，“你这个创意好啊！”

“您听我说。”万汴拦了一下会长，继续着，“其实我的初衷，正是刚才您说的那些概念，首先把这个中心当成了在校学生的实习基地。”

“好！”会长盯着万汴的眼，脑子也在飞快地转动，“依我看呀，这是个双向互利的好主意！如果站在产业链建设的角度，你这个举动，是已经把建筑设计当作你的龙头了啊，好你个万汴呀！”

“您说得太对啦！”万汴显得特别开心，“果然是贯通了产业链。就因为走了这一步，我们对市场信息的捕捉，对客户的接触，对项目的介入，都往前大大地跨了一大步。”

“这不就是‘占尽先机’吗？兵贵神速，万泮啊……”会长冲着他使劲地点了点头，“设计研发引领装饰产业，越往前走，这个优势将会越来越明显呀。”

话题越聊越深，引起了万泮埋在心里很久的一个更大的想法：“会长，我跟您汇报一下我的想法，好吗？”

“还有什么想法？你说嘛。”

“也可以说是一个建议。”

万泮郑重其事地说：“我想了很久，您说，江湖上流传的这句话有些年头了，全国装饰看岭南，岭南装饰看鹏湾。”

“是啊！我们鹏湾市是中国装饰业的发祥地，曾经一路引领行业潮流，服务全国，挺进海外，彪炳于世。可——现在看什么呢？”一听就知道，万泮的话戳到了会长的痛点，他的眼神略显茫然。

“是啊，您说得对！现在，看我们什么呢？要我说呀，如果眼下的我们跟长三角地区相比，惭愧啊！”“啪”的一声，万泮一只手落在自己大腿上，“我们现在凭什么担待得起‘装饰之乡’的名头呢！”他真觉得有点羞愧难当。

“你的建议呢？”会长把话题拉了回来。

“对，我一直在想，我们是不是应该在装饰之乡，成立一所‘建筑装饰产业技术学院’呢？”

万泮一回到这个话题，就收不住了嘴，他不歇气地说：“要开就开一所完整科目的技术学院，由上到下，从法律法规建设，到各科专业技术训练，以及科研，实验……”

“你的构想咱协会不是没有考虑过——”

万泮示意会长，先听完自己的建议：“我们要让装饰之乡和周边地区的所有适龄青年，特别是农民工的子弟，全额免除学费，享受系统的职业教育，授以相应的学位或者执业证书，学院负责安排就业……”他越说越快，竹筒倒豆子，恨不得一股脑把肚里的话全抖搂出来。

会长听着很受感染，他打断万泮的话，手在空中一挥：“你这一套想法不只是提升行业从业人员的整体文化素养，还带有扶贫性质呢，社会公益性很鲜明呀。”

“是啊会长，我们就是想要让农民工和他们的孩子，有机会有能力有资格踏上社会高速发展的节奏，分享社会丰硕的经济成果，就是要突出公益性。”

“这么说来——”会长的眼抬了起来，他的思路飞出了窗外，“这种院校，一定要有创新的模式。”他扭头看看万泮，“不只是应该校企合作，还应该成为校研（科研）合作，校商（商务）合作，校融（金融）合作的基地，是不是？成为一个教育加持的创新型健康型装饰制造业体系，至少是个示范体系，或者说是一个探索型体系。”

万泮的眼睛发出亮光。他知道，他只是站在一个企业层面做出的思考，而会长是站在一个行业，站得更高，想得更远。他急迫地催促道：“会长，您快说，接下来怎么干？您指挥，我操作。”

“哈哈哈，瞧你急得……”

“我是想，我们装饰工人都出生在社会最底层，创业的老一代人文化素养太低了。那不是他们的错，但也更凸显了职业教育的重要性，必要性和紧迫性。”万泮不迭声地讲着，“我自己就是这种心态呀。”

他很感慨：“尽管我自己是建筑师出身，是建筑师最早进到装饰行业的先行者，但进到这个行业后，看到的完全跟您说的一样，必须要强化我们自身的教育呀。”

“是的。”会长凝视着万泮：“可是，现在和过去不同了，已经是高度发达的数字化信息社会了。所以，我们不能就教育论教育。”

“您的意思是？”

“我们还是应该把学院作为平台，以教育为龙头，引领产业发展。我刚说的‘教育加持’也许未必贴切，但就这个意思，你明白吧？”显然，会长有过深思。

万泮默契地点点头。

“万总：要明确，我们的方针是教育为产业服务，通过职业教育，让我们鹏湾市的装饰产业，再度占领市场高地，重新回到全国装饰行业最前端，续写新的辉煌。”

“明白。”万泮专心致志地听着会长的叙说。

“装饰业要发挥合纵连横的天然优势，跨界高等教育、技术研发、制造业、金融业、物流业……你想想这个前景吧。”

“是啊，经您这么一说，感觉太好啦。”万泮觉得充满激情，他的信心就是来自对前景的乐观，“经济危机一来，好多人悲观失望，都说这碗饭吃不下去了。”

他自信地一笑：“我跟他们说，咱这个装饰行业呀，绝对不是夕阳产业，当然咯，也不是朝阳产业。”

“那你说是什么？”

“哈哈哈，大家都这么问。我说一定是：长青产业。”

“万泮啊，你还是动了脑筋的。”会长冲着万泮竖起大拇指：“从这条路探索前行，我们一定能在接下来的都市圈建设、城市更新、乡村复活、旅游文化等等基础设施建设和多种新型消费经济领域里，打造出来一个最具特色和最有成长潜力的卓越品牌。”

“是啊会长，顺着这个方向，我们的创新发展之路会越拓越宽。”万泮仰头望了望窗外的夜空，繁星点点，深邃无垠。

每当这种时候，万泮的心里总会有一种感觉：远处，总有一种什么力量在牵引自己，或是何时有过的对未来的期许，在暗中推动自己。他收回眼光望着会长：“唉，我都年过半百了。”

“啊？呵呵呵，五十岁的男人，那是老小伙儿呀，精力充沛，阅历丰富，心态年轻，正是干大事的好时光呢。”

“是吗？您这么一鼓励，呵呵”，万泮笑了，“不瞒您说，会长，我还真的想给自己再划一条起跑线呢。”

“噢？说说看——”会长饶有兴趣。

“我是想，通过产业链建设和跨界整合，用一年、三年、五年的时间，实现一次三级跳。”

“噢，三级跳？怎么个三级跳？”会长的兴趣被万汼的这个说法激得更浓了。

“您听听是不是这个意思，我们从一个弱小的私人装潢门店，成长为具备国家多项一级资质的大型‘建筑装饰承包商’，这是完成的第一跳。”

“可以这么说。”会长表示认可。

“现在，就要从单一服务内容的‘建筑装饰承包商’起跳，发展成为‘建筑业制造商’，就是说，能够变身为真正意义上的现代制造业，为社会提供批量的建筑产品。这是第二跳，现在我们已经具备了这样的硬件条件。”万汼很自信地说，“这个动作一两年就可完成。”

“好啊，这个嘛，我清楚你们圣格美现在的状态，没问题。那，接下来的第三跳呢？”

“第三跳，应该是质的飞跃，我们集团将进一步升华为‘都市集成发展商’。”

“这是什么概念？”会长急不可耐。

“我认为，传统承包商的最高境界是优秀的工匠，当然工匠自有其伟大之处；而发展商的境界，就不仅仅是为社会批量提供单纯的建筑产品，而是社会物质财富和文化财富的直接创造者，特别是有能力集成的、有能力汇集工业资源、科技资源、信息资源的发展商，才能成为绿色的健康的未来都市建设的主力军，它的社会属性，完全不同。”

“好啊，万汴。”会长听完万汴这段描述，由不得发出感慨：“我们传统技术服务业就是要有这样的创新思维，创新勇气，创新的激情呀。”他自己也有点跃跃欲试的冲动：

“当然咯，更要发掘出创新的内在驱动力，打造‘都市集成发展商’，一定会成为国家都市圈建设的生力军。你这条起跑线，划得好啊！”

“所以，会长，我们要加大整合资源的力度，积极借力资本市场，尽快在一两年内完成我们准备上市的 IPO（IPO 即首次公开募股，是指一家企业第一次将他的股份向公众出售，公开上市在证券交易所挂牌交易）战略目标。这事，还请会长随时给予指导、支持！”

两人对视而笑，不约而同举起了酒杯。

“只要内心有理想，头脑就会迸火花。

理想描绘战略愿景，火花点燃创业冲动。

完善战略愿景，充盈创业冲动，事业必定成功！”

会长晃着身子，像是演讲，又像是吟诵：

“哈哈哈，说起来就这么简单……”

那晚，两人微醺了，任凭思绪在夜空中飞扬。

02-29

冼贝和冉生分手后，没有直接返回公寓。

才晚上九点来钟，时间还来得及。她眼珠转了转，嗯——念从心生，手一扬招来一辆出租车，在熙熙攘攘的夜市人流中三拐两拐，进了一处城中村。

鹏湾市的城中村是这个城市独特的文脉，当年的小渔村在日新月异的飞速发展中，短短三十多年就脱胎换骨，出落成了一座世人瞩目的国际大都市。都市里的城中村，就像是刚从穷乡僻壤考入京城大学的莘莘学子，从他们神采飞扬的谈吐中带出来浓浓的家乡口音。又像是一本新都市日记，一页一页记录着打工族们日复一日的汗水、泪水、欢笑和骄傲。这些，又都聚集成了这座新兴城市的新记忆。

冼贝的高跟鞋踏在小巷的石板路上“嗒嗒”作响，平时在办公室里很刺耳的这种“嘎嘣脆”响声，早被小巷里的喧闹声淹没。路两边一家紧挨一家的小吃店、杂货店、咖啡馆、酒肆、棋牌室、歌厅……还有两侧密密麻麻的窗户里，喷泻出各种莫名噪声，在小巷的半封闭空间中碰撞、交织、混合，形成了城中村夜生活里韵味独特的背景音乐。

冼贝无心流连，双手捂着肩上的挎包，从握手楼之间窄窄的只能侧身而行的小巷里，快步朝着阎正的住所走去。

“当当当”，听到敲门声，阎正挺纳闷，心想：谁呀？这个钟点来家里。他不情愿地又在电脑上打着他的游戏，敲门声又响了起来。

“谁呀？”

没应答。阎正不耐烦地站起身来，光着个膀子一步跨到门前，“哗啦”一声摁开门锁，头都没抬就说：“自己推。”一步又坐回到了电脑前。

“好嘛，真乖呀。”冼贝如一股风般进了屋。

冼贝后脚跟一蹬把门踹上，嘴一撇眼一瞧，看着专心打游戏的阎正，一脸调侃，嗲声嗲气地说：“咋啦亲哥，今儿咋没出去浪呀？”说着就靠了过来。

“啊？你呀……这是哪阵风呀。”阎正赶紧站起身来，惊愕地抬起手往前挡着：“哎——别，别，没见我浑身油腻吗？下班回来还没冲凉呢。”

“那就快去冲呗。”冼贝嬉皮笑脸地把挎包往床上一扔，人也跟着躺了上去：“累死了，我先歇会儿。”还没躺稳，就一下子跳了起来：“臭死人了，你这是狗窝呀。”

阎正的出租屋小得可怜，一张单人床占了卧室大半块地面，最大的家具就是一张写字台，台面上放着笔记本电脑，靠墙角摞着几本书，靠外边散乱着快餐盒，饮料瓶……还有一个电热水器，看着就脏兮兮的。两个拉杆行李箱塞在写字台下面，出差时拎起来就走，回来了还是衣物的存放处。卫生间的淋浴头就安装在马桶上方，马桶正面是洗脸盆，地下刚刚够一个人转身。

这就是像阎正这样的打工族在城中村里普遍的居住情况。就是这样一间斗室蜗居，月租金也要占去他每月基本工资的将近一半！一个三十大几的大小伙子，每天拼命去赚钱是他醒来后唯一的生活目标，哪还有闲情逸致收拾房间，整理家务，讲究卫生？连被子都懒得叠，从来都是乱堆在床上。

冼贝起身坐到他椅子上，抓起鼠标试着玩了玩电脑上的游戏，一点儿都不靠谱——女孩子很少喜欢打游戏。她觉得无聊，听着淋浴间水声还在哗哗地响，不耐烦地催促道：“快点呀，那身糙皮有啥好冲的。”

阎正裸着身就出来了，拿着浴巾边擦身上的水，边撩逗着冼贝：“急啥呀急？”说着就往上蹭。

“去去，讨厌！”冼贝扭身坐回到床边，“哎，人家过来是跟你谈点正事呢。”

“呵呵呵，有啥正事呀，老头子今晚不在吗？”阎正狎昵地挤着眼，搂住冼贝的脖子，一副酸不溜丢的模样。他知道冼贝和她老板冉先生之间的那点暧昧关系，其实谁都知道，只是大家心照不宣，看透不说透而已。

这年头，女孩子出来打拼更不容易。其中一些女孩，特别不愿苟且，她们面对的压力，一部分来自生活的挑战，更多来自虚荣和彼此间的攀比。尤其是在鹏湾市这个新兴的移民城市里，谁都不关注谁的来龙去脉，自己也觉得远离家乡，所作所为不会为亲朋戚友所知晓，这就有些想活得轻松一点的女孩子，自找几条能为青春开脱的理由，傍大款，傍大腕，傍大佬，委身于各种“靠山”，走过这几年不为外人所知的心酸路程。

“去！你听还是不听？不听我走啦！”冼贝的纤腰一扭，用力甩开阎正的胳臂，脸上没一丝笑意。

“噢。”阎正看得出来冼贝是在说正经话，赶紧穿上短裤，套了件 T 恤衫就问，“啥，你说呀？”

他明白，冼贝要是说有正事，那就一定是材料采购方面的生意了，这是上门送钱来了吧。阎正马上来了劲。

他俩就是做装饰材料生意的时候认识的，几年了，交往挺密切，就是擦不出孤男寡女的情感火花，可一谈起生意，倒像是多年搭档似的，一上来就很默契。

冼贝取过来挎包，从里面拿出几页打印纸递给阎正：“给，你自己看。”

这是几张装饰材料报价表，里面列了十几种高档名贵的石材、木材、新颖奇特的金属制品和玻璃制品。内行人一看，就知道是用在五星级酒店或者顶级会馆的。

“这是？”阎正粗略浏览了一遍，晃晃这几页纸说，“种类和数量可真不少喔。”他扭头对着身旁的冼贝问道，“这是用在哪个项目的？”

“这是明天就要招投标的一座五星级酒店用的东西。”冼贝指点着报价表，“你这就给我交个底，给个大概的底价好吧。”

“这么急？”

“是啊，我还得尽快反馈给老板，老板还得和老板娘沟通。”冼贝有点儿不耐烦。

“噢？明白。”阎正再看看手里的报价表，还是有点疑惑，“那为啥同一款材料，有几个报价呢？”

冼贝斜他一眼：“傻逼，看不出他俩是在围标吗？”

噢——这么一说阎正心里暗暗自喜，看来，老板娘这次又是手到擒来，这单生意跑不了了！他差一点笑出声来。

冼贝没有察觉到阎正的暗喜，她根本不知道，坐在身边紧挨着她的这个帅哥，她都能闻到他刚刚冲完凉的体香，这个跟她玩了好久的大小伙子，其实，是她老板娘的小鲜肉！

这可是天大的秘密呀！只有天知地知。阎正知道这种事情的轻重，再开啥玩笑，也绝对不敢让冼贝闻到一丝腥味。

他也是偶然认识冉太的。冉太本来是沿着装饰材料市场一家一家地看货，进到他店里，恰好有几样材料正是冉太的所需。阎正耐心的介绍，殷勤的招待，很让冉太受用。还有他巧言令色的一张嘴巴和他那一米七几的壮实身材，十足性感。那种棱角分明的男子汉脸庞和浑身散发的青春热火，更是吸引了冉太的眼球。

之后，冉太就隔三岔五来到阎正店里，看货也看人，估计是有点不甘寂寞的意思。阎正有心机，反正都是为了拉拢生意，顺杆儿爬呗。再说，看着眼前这位半老徐娘还颇有几分姿色，一来二往，就随时听从冉太召唤，成了她的帐中人。

“明天就要招投标？那什么时候要我给出来底价？”阎正感觉时间太紧，毕竟有这么多的品种规格，还是需要一点时间仔细倒腾的。

“当然是越快越好啦！”冼贝犹豫了一下，又接着说，“他们明天有一个二次报价的竞争环节，老板需要尽快知道底价，好帮着参与这事的各家公司确定明天的策略嘛。”

“哎呀——”阎正挨着冼贝，她头发散出来的味道特别有诱惑力，撩得他有点心不在焉了：“那好那好，我待会儿加加班。”

“那现在就把丑话先说好，嗯？”冼贝把大拇指和食指中指捏在一起，举到阎正脸前搓了搓，“给多少？” 她也不是省油的灯，每次都忘不了提成。

“老规矩呗。”他看她一眼，笑一笑，揉揉自己的肚子，一副渴求的眼神，“不然，咱先下楼喝点啥？”

边说，边把手搂在了冼贝的腰上……

“干嘛，干嘛，喝你个头！——冼贝装出娇嗔薄怒的样子，扭转身子说着，说着，半推半就的……俩人就倒在狗窝一般的床上，就势如此这般了一番”。

02-30

猛地一个激灵，万泮睁眼一看，咦？怎么还伏在写字台上。

他直起身来耸了耸肩膀，脖颈都僵直了，两只手臂也有点发麻。抬头一看，哎哟，墙上挂钟都五点多钟了。

远远的街头，传来清洁工打扫卫生的声音。城市的各个部位开始慢慢地有些蠕动，是该醒来的时辰了——其实，这个城市从来没有沉睡过。因为这里从来就没有给“沉睡”张开过一张完美的夜幕。就算是黎明前的黑暗，算是这一整夜里最最深沉的夜幕，也已被通宵达旦的霓虹灯光裁剪得支离破碎。属于这里的，只有激情、拼搏、喧嚣和亢奋。

雨，不知什么时候已经停了，树叶和花草上结出了晨露。墨蓝色的天空中，正在西坠的一弯残月和缓缓东升的启明星，遥相辉映。两相叠加的柔辉折射在一颗颗晨露上，随着枝叶的摆动，在微风中闪烁着晶莹剔透的银光。

被晨露浸润的草木树叶，散出幽幽的清香，扑鼻而来，沁人心脾。

站在窗前的万汼，迎着吹进来的晨风深深吸了几口气，顿时觉得浑身有了一股吐故纳新的振作。他习惯性地抬起双臂，向后拉伸做了几下扩胸运动："啊……"他更深地猛吸了一口凉爽的清风。

随着这清风，窗外传进来一阵阵清脆的啼鸣。

"哦，一唱雄鸡天下白……"他脱口说出一句不知啥时候埋在脑子里的诗，引得自己也发了笑：现在这大都市里，哪里还有雄鸡，呵呵呵，这应该是很远很远的童年记忆了吧。

是的，自从田里的农民变成了城里的工人，鸡鸭猪羊们就都无奈地告别了它们世世代代的主人。其实，大家心里都很明白，这和彼此没啥关系，这只是"历史"这位长者喜欢按着自己的心愿一意孤行而已。只不过，现在的万汼，虽然看不见雄鸡，但脑子里突然飘进来的，是“闻鸡起舞”这个妇孺皆知的古老典故。

他觉得有些惆怅：记得小时候，《三字经》里的“犬守夜，鸡司晨”背得滚瓜烂熟。但如今，雄鸡不在，听谁起舞？是啊，很久没空闲出去晨练了，他居然又冒出来一点幡然醒悟的冲动：今天醒得这么早，一定是有道理的！你听外面的啼鸣声，那是谁们？哦，那是一群一群早起的知更鸟啊。虽然没有了金鸡报晓，但这个城市，还有知更鸟司晨呢。呵呵呵，早起的鸟儿有虫吃，这不是天意吗？我一定要跟着它们去，拥抱第一缕晨曦。

隔着窗户，万泮看到那些小巧玲珑的知更鸟，在树枝间跳来蹦去，欢快的啼鸣声清脆嘹亮。这些小精灵，是都市里最早醒来工作的生灵，它们才是如今都市里真正的司晨。

万泮了解它们。其实，只要不出差，无论是在家里，还是在公司休息室，万泮的每一个早晨，几乎都是被知更鸟唤醒的。他喜欢它们，喜欢它们不辞辛劳地早早起来觅食，喜欢它们不知疲倦地欢唱。还有，他更仰慕这群知更鸟，它们意志坚强，能够执着地恪守自己的意愿，寒来暑往，为着自己最喜欢的生活，不畏千里迢迢，去到最美的地方。

他知道，再过几天，知更鸟们，就要飞回它们北方的老家去了。那里，也正是自己启程出发的地方——

那已经是二十好多年前的事了。那年也是惊蛰刚过，春寒料峭中，听着远远的春雷声似乎跟往年有所不同，人们传说着一个“春天的故事”。

万泮已经跟上级组织提出过几次申请，想要辞职下海了。这天，老领导任厅长打来电话，让他过去一趟他的办公室。

万泮心里一阵纳闷：厅长从来没有单独召见过我呀，开会都有提前通知嘛，能是什么特殊事呢？

一见面，任厅长就很严肃地说：“现在，我是代表厅党组跟你谈话。”万泮很惊愕，他忐忑地问：“厅长，是哪方面的事？我的工作没什么闪失吧？”

“那倒没有。”任厅长面色和缓下来，让万泮坐在他旁边的椅子上，眼里流过一丝不舍：“小万同志，大泮呀，你在处级这个位置上有段时间了，你也知道，各方面对你的评价都很正面。”任厅长目光柔和，可又把语气一变：

“你知道吧，你可是咱们培养了几年的第三梯队呀。”

万泮一听有些脸红，低垂了头，鼓足勇气对着任厅长说：“我，唉，我辜负了您的信任，对不起组织上的培养。”

“这不是最重要的。”任厅长声音低沉，但掷地有声，“最重要的是你自己，要对自己负责，是不是已经想得很明白了，这个决心，你是不是已经下定了？”

“是的！”万泮十分坚定地回答。

“为什么要辞职呢？究竟是什么原因，我就不明白了，能告诉我吗？”任厅长说得很诚恳，一点都没有端架子。

“厅长——”万泮领会到了老领导现在是跟他推心置腹地交谈，也就没了顾忌，“其实我没有想太多，就是一条，那边正在建设一个新的都市，天翻地覆呀，机会比咱内地多得多！对我一个工程技术人员来说，我更喜欢搞自己的建筑师专业。在那边，发展的空间更广阔。”

任厅长沉默了，方正的国字脸绷得很紧，眉毛在微微颤抖，嘴角也在抽动，像是在思考什么。他健硕的身躯在地下转了两圈，抬头问道：“你说的‘那边’，就是鹏湾吧？”

“是的。”

“嗯……”任厅长吁了一声，又沉默了一阵儿，自言自语地感慨着：“你说得没错啊……”他走到文件柜前，打开玻璃柜门，从里面抽出来一本书。

“大汼，你真的要离开了，跟着我这几年，我心里还是挺舍不得的。”他双手把书端到万汼跟前，挺有点动情，“想送你点纪念品吧，也没啥拿得出手的。”

万汼觉得很感动，不知道该说什么好。

任厅长把书递到万汼手里，指着封面上的书名说：“这是我这两年抽空写的一本纪实小说，也算是通过自己在我们建设行业这大半辈子的摸爬滚打，对人生的一点儿粗浅领悟吧。有空了翻翻。”

万汼接过来书，看着封面上用毛笔手书“太阳石”三个字飘逸灵秀，他琢磨着书名的含义，翻开封面，见扉页上已经有了任厅长的题词：万里征程，汼步拓进！落款是任厅长刚劲有力的亲笔签名。

“谢谢厅长，谢谢您，我会慢慢地拜读。”

“哦，别说了。”任厅长摆摆手，意味深长地说，“我要是年轻十来岁，就跟着你去闯一回吧，哈哈哈。”

……

远处，莲花山顶上的树冠开始微微发亮，晨曦将浓绿色的树丛剪影，镶上了一圈耀眼的金色轮廓线，火红的太阳即将喷薄而出。万汼走下办公楼，穿过楼前空寂的小院，他甩着臂踢着腿，顺着盘山道朝莲花山顶攀去。

山顶上，万汼像欣赏一幅画卷一样，由东向西尽情环视着高楼林立的神话般的雄伟景象。他庆幸自己赶上了这个新时代，更庆幸自己能成为这个神话篇章里的一个路人。

作为时代的路人，他知道自己这一路是搭乘着时代快车，风驰电掣般飞奔了几十年。他想，这一路上的亢奋心潮，好像从来还未曾平息过。可是，前方的路，该怎么走，朝哪走？他心里“嗖”的一声，闪过一小片茫然。

是啊，为什么茫然？为什么在饥寒交迫的生死线上，前人有着那么坚毅的奋斗欲念，而人们吃饱穿暖之后，心里反而常常是空落落的？

自己的肉身狂奔了这多年，或许是把灵魂远远抛在了身后？也许吧，古人讲：文武之道，一张一弛。咱老百姓说：磨刀不误砍柴工。是该慢下来回望一下自己的灵魂了。

朝阳已经驱散了晨霭，高楼大厦的立面清晰得就像是贴在脸前，连每一条玻璃幕墙的窗棂都看得那么真切。城市的四面八方，已经响起了工程机械的隆隆声。

万汼知道：新一天的挑战已经来临！

03

·

向着黄昏起身迎接黎明

03-31

冉生的心情很不爽。昨晚冲完凉出来，冉太已经回了卧室。冉生犹豫了一下，还是硬着头皮敲了敲卧室门。

里边传出来很不情愿的一声：“烦！”

冉太穿着睡衣走了出来：“还有啥事？”说着一屁股坐在了沙发上，拉着驴脸。

冉生鼓了鼓气，试探着低声问道：“这次找的这几家材料商靠谱吧？”看着冉太不作声，就接着说，“千万别再找上次那家姓阎的墙纸商了。”

一听这话，冉太心里一哆嗦，误以为冉生嗅到一点啥“腥”味。

她竭力掩饰着心虚，却忍不住把那一对单眼皮吊了起来，两眼立马成了三角形：“什么靠谱不靠谱，他就是个做代工的，贴牌生产商，自产自销，叫怎么做就怎么做，有啥关系？”

冉生“哼”了一声，也瞪圆了眼：“他那个山寨货能控制住质量吗？为啥出了问题？生产过程你又不会去监控。”冉生越说越来气，稀疏凌乱的灰白头发披在了眼睫毛上，跟着眨巴的眼睛一抖一抖，“你不知道万泮上次发了多大的火，他专门派人调查了这个所谓的冒牌墙纸事件。”

“他爱调查就去调查呗，有什么了不起。”

“嗐，妇人之见呀！”冉生听他老婆说这不沾边的话，真的气急了，“我告诉你，负责调查的那几个人早已经知道了，明面上那个姓阎的是那批墙纸的供应商，实际上背后你才是他的老板！一旦要索赔呢，整出事来咱俩吃不了兜着走。”

“你！”冉太被她老公的这两句话噎住了，一时不知该说什么好。

忽又听冉生把声音压低了点：“也是奇怪……”

“有什么好奇怪？”冉太以为在说她，气哼哼地说。

“我是说，那个调查小组的人都知道怎么回事了，可为啥万泮没找过我？”他满眼狐疑地看着他老婆，“为啥万泮不把这层窗户纸捅破？”

其实，冉生是只知其然，不知其所以然。

那次万泮在工地上当着甲方老总的面把起泡的墙纸扯下来后，工程总监马上捡起碎片，第二天就和材料总监、若谷等几个人，对这件事展开了调查。他们先直接约谈了陈工。

陈工那天在现场已经被万泮的激烈举动吓坏了。他知道，公司迟早会派人来找他调查。到底怎么应对呢？他心里嘀咕了一整天，也想不出个办法，只好硬着头皮苦挨着，等着这个难堪时刻的到来。

当若谷和工程总监几个人出现在他面前时，陈工就觉得心理防线快要崩溃了。来人还没张口，他额头上已经沁出了细细的汗珠。

“这么说吧——”工程总监先开了口，“陈工啊，你也是资深项目经理啦，什么都懂，我们先得做到流程正确，是吧？”

“那是那是。”

陈工很明白，立马打开随身带来的文件袋，从里面取出一沓子资料。

工程总监接过来一看，进货单，入库出库单，连墙纸的出厂证、产品合格证、环评合格证，一应俱全。

他翻看一遍，转手递给材料总监和若谷，直冲着陈工就说：“其他的单据应该不假，后两个合格证肯定有水分。”

陈工一惊：“这，这我可不敢打保票，那上面都是盖了他们的公章的呀。”

“这个先不计较了。”材料总监插过话来，“我问你，这个墙纸供应商你是怎么选来的？”

“这，这也是从公司的供应商库里选的嘛。”

陈工觉得他的理由很充分，没想到材料总监又逼了他一步：“公司有明确规定，这么大批量的墙纸，是要货比三家的呀，要走相关的流程，怎么看不到这方面的资料？”

“这，这……”陈工嗫嚅一下，心想，反正不能把责任都揽到我身上，我算什么？干脆，他心一横，就弱弱地吐了口，“实话说，是冉太指定的。”

一听这话，三位交换了一下眼神，若谷说：“这样吧陈工，你把这个供应商的联系方式提交出来。”

“好的，好的。”陈工从口袋里摸索出阎正的名片，若谷拿手机拍了照片，很严肃地跟陈工说：“今天的调查工作先到这儿，你不能跟任何人提起。”

“我知道，我知道。”陈工明白若谷指的“任何人”是谁。

三人就要离开时，工程总监又叮嘱了陈工一句：“马上补货，施工进度不能受影响。”

很快，三人来到阎正的材料商行。

阎正本来就是个小小的不法奸商，长期靠着弄虚作假、以次充好、心存侥幸地挣点不明不白的钱。听说他的那批货暴露出了质量问题，挺害怕。惹下这么大麻烦，又不能出卖冉太，他一时不知该怎么办。

没想到，这三位圣格美集团的来人只是让他无偿地尽快足额补货，强调必须是正宗品牌，否则就要到集团领导那儿告发他，去法院起诉他。阎正吓得不轻，他看着这几个人并没有急着追他立即赔偿，当然也就全部承诺了。

若谷他们之所以不去万汴那里说穿此事，主要还是顾虑到冉太的这个个人行为，一定会影响到冉生和万汴两个老板之间的关系。

这事很难拿捏，三人斟酌半天，还是踌躇不决。

……

“你想那么多干吗？不找你的麻烦你还不开心吗？真是没事找事。”冉太冲着她老公吼了一声，悻悻然进了卧室，“哐啷”一声关了门。

“哎哎，哎……”一看他老婆又不理他了，冉生急着推开卧室门，伸头进入就喊，“我正事还没说完呢。”见他老婆又要张嘴，他一抬手做了个制止的动作，“你别糊涂，你跟我过不去也就算了，你和生意还过不去吗？”

“啥，啥意思？”冉太被说蒙了，“谁和生意过不去了？”

“你呀，你不会糊涂到和钱过不去吧？”

一说到生意，说到钱，冉太瞬间就回归了生意夫妻的本色，她顾不得计较她老公对她的嘲讽，眯着的两眼也没掩饰住那点贪婪：“啥意思？别啰唆！”

冉生就倚在卧室的门框上，一本正经地谈着他的顾虑，解释着他的想法：万沣应该知道，上次用山寨墙纸冒牌国产名牌墙纸是你冉太的主意，但这么久了，他为啥不来跟我冉生说这件事呢？

当然，现在先不去探究为什么了。

“但是——”冉生的眼光变得冷峻起来，“你要知道，万浒的防范之心非常强烈。”

“这和我们挣钱有啥关系？”冉太吸了下鼻子。

“关系？关系就是因为他防范了你，所以，如果圣格美中标了这个五星级酒店的施工项目，他就不会再让你来做主要材料的供应商了，明白吧。”

冉太本来斜躺在床上，一听这话，缓缓地坐直了身子：“你的意思是？”她的话语已经没了刚才的烦躁。

“所以，要挣钱，就不能让圣格美中标。”冉生面无表情，放慢语速再跟他老婆重申了一遍，“不能让万浒中标。”

“哦，明白——万浒中标，我就没机会了。”冉太跟着她老公说话的节奏点着头，“那怎么办？”

冉生转身离开卧室门，朝着沙发缓缓踱去。冉太从他背后听得很清楚：“你立即告诉那个姓阎的，现在绝对不允许他和圣格美装饰集团的任何人谈起这个酒店的事。”

“好吧。”冉太看看床头柜上的闹钟，都快半夜了，就说，“明天吧，明天一早我就跟他说。”

“另外，我得动用点手段，支持配合一下拓篂君，设法确保他能中标。明白吧？”他知道他老婆在点头，就交代她，“你的嘴巴封严点，心里有个数就行了。”

说完，冉生往沙发上一靠，和衣而卧。

03-32

冼贝往起一坐，身旁的阎正也迷迷糊糊地醒了，嘴里嘟囔着：“干吗？这么早。”手已经伸到了冼贝光滑柔嫩的大腿边。

“滚，讨厌！”冼贝照他的手给了一巴掌，一骨碌下了床，光不溜秋地进了卫生间，里面传出来“哗哗哗”的淋浴声。

还没等阎正清醒过来，就听房门“哐”地一响，一股凉风灌进了他的被窝，冼贝已经消失了。

阎正拿过来手机一看：噢，才刚刚过了五点半，窗外灰蒙蒙的天空有一点点放亮。楼下小巷子里开早市的店家们丁零当啷的响动声和淡淡的油烟味，顺着窗户飘了进来。

“这小娘们儿！”他脑子停了一下，还想骂一句脏话，以平复被弄醒之后心里的恍惚感和那点失落感，可话到嘴边，一下子又想起了冼贝昨晚突现在他眼前的缘由。

噢，想起来了，昨晚梳理完所有主要材料的报价，又把每种材料都分成三个不同的价位，整理完毕装回到冼贝挎包里的时候，已经有两点多了。他突然觉得，应该赶紧跟圣格美装饰集团的陈工联系一下，把这个情况提前通报给他，好让他尽早做些必要的准备工作。毕竟，上次的合作还是很成功很愉快的嘛。

他拿起来手机一阵输入，把一条微信发给了陈工：“陈工早，预祝你公司这次中标，这就有你发财的机会了。你提前按这个材料表做些准备工作吧，关老爷保佑，祝咱哥儿俩合作成功！”随后，他把昨晚拍的几页材料表照片全都转发给了陈工。

“上次他尝到了甜头，这次，这龟孙子一定跑得比兔子还快！”阎正心里乐滋滋的。

……

冼贝回到公寓，刚刚六点钟。她脱了外套换上睡衣，又重新简单洗漱了一番，把散开的头发用手胡乱划拉了几下，让它们乱蓬蓬地披在肩上。

她给冉生做了一份标配早餐，一杯热奶，一颗煮鸡蛋，两片面包夹一片火腿肠，餐后还有半截香蕉，半个苹果。

冉生的早餐内容日复一日雷打不动。她自己也弄了一点简单的早餐，一边吃着，一边看了看手机上的时间，哦，快七点了。

她知道，这个时间点，冉生快从香港返回来了。

她赶忙起身进到卫生间，打开浴缸的水龙头，左右调了调，用手试试水温，感觉可以，就把水龙头开到最大，开始往浴缸里放水。

她知道，冉生每次早晨从香港回来，进门就去卫生间，外衣就直接脱了挂在走廊，内衣随手扔进洗衣机，然后就去泡热水澡。本来，鹏湾市的人只会冲凉，不习惯泡澡，可冉生喜欢，也许，他的岁数有点老了，皮下脂肪衰减，皮肤干燥，泡泡热水澡感觉更舒服。

的确，这几年看着看着，冉生就少了点神采奕奕的样子，精力也有点不支了，所以，衣食住行都依赖他的助理给他打理。冼贝又回到卧室，从衣柜里取出冉生的浴衣，准备给他挂到卫生间的墙上。

就在快要走出卧室门的时候，冼贝脑子里一闪念，下意识地盯着床看了一眼，嗯？她迟疑了瞬间，一步跨回到床前，拉开原本叠好的被子，弄成凌乱的样子。

她坐回到餐桌上，吃着剩下的几口早餐。这时，门锁响了，冉生准时回来了。

一张疲惫的脸先进了门。

冼贝起来迎上去接过冉生手里的公文包，顺手又接过他脱下来的西装上衣，帮他挂在墙上。

“先吃早餐吧，不然快凉了。”冼贝尽可能显出体贴的样子。

冉生没言语，进到卧室里摘下领带，又摘下劳力士金表，出来坐到餐桌旁，发着呆，心事重重的样子，并没有吃饭的胃口。

“不然，先去洗澡吧？水凉了不好，洗出来我再给您热饭。”冼贝小心翼翼地看着冉生的表情。她觉得冉生今天心里有事，似乎比较郁闷。

“嗯？”冉生突然“嗯”了一声，像是在自言自语：“好吧，先洗咯。”

看样子他没感觉到冼贝的存在，起来走进卫生间，门都不关就泡进了浴缸。

并不是昨晚在香港的家里和冉太不开心，而是近来一个时期，冉生看着冼贝就不顺眼，不舒服。或许是他早就腻歪她了？说不清道不明的，就是横竖看着不顺眼。所以，最近见了冼贝他都懒得多看。

之前他在一次接待客户的时候，喝了几杯酒，不知何故就当着客户的面表扬他的助理冼贝，说她有能力，有眼色，工作很尽职尽心，而且不仅仅在业务工作上是这样，就连生活方面，啊，呵呵，比如说每天早晨等他跑步回来，她都会给他浴缸里放好洗澡的热水……

啊？结果餐桌上的空气顿时凝固，转瞬之间爆发出一阵很猥琐的大笑：说了半天，冉生您和助理住在一起呀！

当下给冉生弄了个大红脸，他为自己一时心血来潮说漏嘴很不好意思，嘿嘿嘿地干笑了好几声。

但他毕竟是个过来人，花里胡哨的事见得多了。于是就势顺坡下驴，觍着脸跟客户说："这不是什么大事吧？嘿嘿嘿，这也是为了方便工作嘛，做大事者不拘小节。"

客户也是某地产公司的一帮骚客，借着酒劲很不地道地问："你们这儿的老板们是不是都像你这副德行啊？"见冉生只是一个劲地嘿嘿嘿，就又不顾颜面地继续调侃："你们大老板汼总也是这样吧，啊？哈哈哈。”

一听这话，冉生马上指着对方说：“哎，那可不是的。”他看看那几位，有点揶揄地说，“这话不好跟诸位讲哦，哎，这么说吧，我们汴总缺乏点男人气魄，不近女色。”

看着那几位半张着嘴巴的样子，冉生显出很世故的神态：“其实男人嘛，装什么，不就两条吗？见异思迁，喜新厌旧。”

客户一听，啊？你太过分了吧，男人都这么不堪吗？你打击面也太大了吧！哈哈哈……

冉生坦然地一通解释，说这也是听一位好朋友设计大师讲的。那位设计大师有很高的审美素养，不然怎么能出来好作品呢？大师说了：审美的一般规律就是这两条。你背离这两条，就很容易出现审美疲劳。

客户们哄笑着，调侃着，碰杯溅出来的酒滴和嘴里喷出来的唾沫星子，把餐桌上弄得一片狼藉。

后来，他自己想：丢她老猫！他心里狠狠地骂了一句港人常常挂在嘴上的脏话，难怪，他现在对冼贝就是出现审美疲劳了嘛。

实际上，最近冉生心里对冼贝是有点隐隐约约的猜疑，总觉着哪儿不对劲——是在外面背着他有小白脸吗？

冉生爬出来浴缸披着浴衣回到卧室穿衣服，见床上的被子还是凌乱的。嗯？她知道我爱整洁，一起来就会整理好床的呀。他悄悄伸手进去摸了摸，没有温度！心里一惊，我说呢，进了门，就感觉这小娘们儿不冷不热的！

冼贝已经把冉生的早餐重新热了一遍。她边收拾东西，边悄悄注意着吃早餐的冉生。

女人的直觉提醒她，冉生脸色不好，怎么一进门就跟我没话说？她有点心虚，以为冉生怀疑她在偷偷地勾结材料商吃里爬外，就赶紧把那几页材料报价表取出来，递还给冉生："您交代的事我都办妥了，我现在就去招投标大厦，口头向拓筌君转达您的意思。这个还给您，出了啥事可别怨我！"

多余的话！冉生突然感觉，这不就是此地无银三百两吗？真有可能是冼贝在从中搞鬼，跑材料商那儿弄钱。因为他的潜意识当中，就根深蒂固地认为，女人要是对他冷淡，肯定意味着背叛！

……

陈工好不容易挤进了地铁。

他早早就睡不着了。最近总爱失眠，本来瘦小的身材更显得有些佝偻。想着今天早晨的会议非同小可，不仅万万不能迟到，而且一定要提前去到公司，他强撑着疲惫起了身。

早高峰的地铁里，清一色二三十岁的男男女女，人挤人，开足了冷气都觉得闷。陈工侧着身，尽量不要挤到别人，免得引起误会。他从裤兜里掏出手机来，又看了看阎正天没亮就发来的微信，越琢磨心里越胆怯。

这算啥事呀！说实在的，早晨刚看到的时候，他真的被吓了一跳。趁着这点时间，他赶紧给阎正回了条微信："阎哥，这事你就别找我了。上次墙纸的事差点被你害死。我们公司派了专门的人员调查了我，你应该也知道，事情的来龙去脉被他们搞了个一清二楚。还好，哥几个给了我面子，没向老板汇报。收了你那点小钱，还不够塞我的牙缝呢，结果，差点砸了我的饭碗。"

发出去后，陈工觉得意犹未尽，紧接着又给阎正发了一条："今天招标的这个五星级酒店项目，是我们老板的重中之重，每个环节他都会亲自过问。奉劝你，不要为这个事，跟我，以及跟我们集团的任何人打交道。"

地铁每到一站，人流像潮水一样涌上涌下。

“天下熙熙皆为利来，天下攘攘皆为利往”，那么我呢？我这一天忙到晚，究竟为了什么？陈工想着马上就要因他而召开的解决欠薪的专题会，心里何止是茫然。

03-33

一阵清脆的闹钟声惊醒了正在酣睡中的汤副总，他一个骨碌翻身坐起来，摩挲着给惺忪的睡眼戴上眼镜，从床头柜上拿起手机打开一看，哦，七点整。

想想从昨晚半夜两点钟才躺下，到现在满打满算也就五个小时，犯困，早已经是常态！

手机刚刚连上网，“嘟嘟嘟，嘟嘟嘟”，一连串的微信蹦了出来，第一条就是万汫的留言：“汤副总：上午开始投标之前，你再叮嘱几位一下，特别是工程总监，他担任本次任务的项目经理，主述标人，上午的技术标一定要紧扣重点，言简意赅，充分利用好珍贵的十分钟，把我们技术创新科学管理的根本优势讲深讲透。”

紧接着又是他的一条：“严格按我们昨晚商定好的计划进行，技术标要突出亮点，商务标要守住底线。”

“亮点”“底线”，特意用黑体字做了强调。

相差不到两秒钟，又是第三条：“我今天一整天都在公司，没有特殊情况，你就现场拍板定案；十分必要就请设法微信联系。祝成功！”

“呵呵……”汤副总心想：一睁眼就是三道金牌！他一只手刷牙，另一只手给万泮回了微信：“收到，请您放心。”

他放了满满一脸盆热水，认认真真地洗了个头。然后拿起剃须刀，仔仔细细地把双颊和下巴刮了个溜光。他对着镜子，擦干净脸，用梳子把头发拢了几下，分成了他一贯的三七开。他特别注重仪表，认为一个仪表端庄的人更容易取得他人的信任，而且也更有自信。

所以，他又拉出后视镜，照着它拢了拢后脑勺，直到他认为满意了，才急急忙忙回到卧室，对着穿衣镜打好领带，套上西服，转身就往门外冲去。

“回来回来，吃了早点再走。”背后是他太太的呼叫声。

他扭头看了一眼正在准备送孩子上学的太太，扔下一句：“你们吃吧，我去跟同事开个早餐会。”说着，已经没了影。

市区路上的车辆行人还不算太多，再过大约半个小时就要进入早高峰了。

汤副总从招标中心大楼的地下车库上到大堂来，隔着自动门，就看到廖绅他们几位已经坐在街对面的早点店里。他左右张望一下，顾不得去绕行人斑马线，直接就冲了过去。

“早晨。”他跟几位点了下头，就在旁边的空座上坐了下来，看一眼廖绅他们为他提前点好的豆浆、小笼包、煮鸡蛋，和一小碟咸菜，往边上推了推，“你们看。”

汤副总把他的手机打开伸到餐桌中间，颇为感慨地说：“汴总一早就来了三道金牌。”

“呵呵呵……”

廖绅和工程、成本、材料三位总监一块儿笑了起来，又异口同声说道：“想也能想到啊。”

汤副总正色道：“利用这点时间，我们再仔细议一议，好吧。”

“好。”几位齐声应道。

“我说——”廖绅嘴快，“汴总特别强调技术标要充分突出亮点，我们昨晚也推演过，就是这三点：首先，设计小组全程驻现场跟踪服务，这个历来是我们圣格美的突出亮点；其次，施工要以‘工法引领，样板先行’统领全过程，从基层找平开始，一直到面层，层层有工法，步步有样板。目前在行业里，能做到这一点的，也只有我们一家；最后就是，严格把控好垂直运输……”

“是的，特别是垂直运输，要分开两个方面阐述。”工程总监看看汤副总，又看看材料总监，手指头敲着桌面，插到廖绅的话里说：“一个是所有的主要面层装饰材料，一定要按施工区域分门别类地装箱运输，按包装箱的标注直接运达相对应的施工点。”

“对，对对。”材料总监急着插了一嘴，“这方面一定要按若谷之前培训我们的，严格按现代物流业的管理要求，标注二维码，全程监控。”

是啊，幸亏公司有一个若谷，是学现代物流管理专业的大学生。入职以后，除了做好自己的本职工作之外，隔三岔五地就给材料采供中心培训现代物流管理专业知识，并且一直协助他们积极地在实践中运用。汤副总的表情显得挺幸运："当时我们多少是带一点关照的性质才把若谷招聘进来的，没想到人家的专业发挥了这么好的作用，呵呵呵。"

"是啊，我是说——"材料总监接着他自己的话又说，"垂直运输还有一点，就是一定要跟甲方和项目总承包单位协商好，工地上的垂直升降机，必须给我们装饰公司留一台专用。"他以不容置疑的口吻，看着工程总监，用力强调，"当然是在晚上九点到第二天早晨七点这个时间段。"

"是的，我要说的第二层意思也是这个，这个一定要讲清楚。"工程总监应承着，"我们知道，一个项目造成工期延误，说得夸张一点，百分之九十的原因，都是因为材料的原因造成的。这之中，材料运输又是个重要原因。"他看着汤副总，"您知道，这一整个的晚间作业，除了要把第二天施工的所有材料送到每个楼层的施工点，还要把每个楼层的施工垃圾，利用晚上的时间清运下来。"他看看左右："这个工作量很大哦，所以必须要有专用梯。"

汤副总点点头："是啊。"他眼睛一抬，往上推了推他的宽框眼镜，拿过来快要凉了的豆浆喝了一口，夹起小笼包送到嘴里，话题一转，“你们都没忘记吧？去年陈工负责的那个酒店工地……”

“啊？怎么能忘了呢！”工程总监马上接着说，“那次是我去现场处理的嘛。”他对着汤副总点点头，“当然，那是个特例，但一定要防患于未然，杜绝重演。”

“是啊，当时闹得很凶，惊动了政府的几个主管部门。”汤副总觉得这个事也不能说是极端的偶然事件，他看着工程总监，神态比较凝重，“幸亏我们处理及时，得当，否则有可能酿成恶性事件。”

“真是。”工程总监脑子里也勾起了当时的情景，“我赶到现场的时候，牛二已经控制不住情绪，快要跟对方打起来了。”

他苦笑着：“我立马冲过去拦住牛二，让陈工和我们的几个工人站在牛二和对方一伙人的中间，望着对方挑头的那个愣小子，我说我是圣格美公司领导，有啥委屈我来给你处理。”

听见工程总监这么诚恳地一说，而且又很和颜悦色，对方那位愣小子这才消了一点脾气，板着脸说：“我们也不是胡闹，也不敢胡闹。”

“那你们是要干啥？”

“你是领导，你给我说说，你现在脚底下的这块地，原来就是我们村的农田，我就是这个村的农民，政府征了我们的地，我们除了种地啥也不会，你让我们干啥。”

工程总监还是没听明白：“你就直说吧，你要干啥？”

“领导，你说我一个农民，没文化，也没地了，能干啥？”说着说着怨气越来越大，“我们除了能干这点运沙子搬砖的苦力活儿，还能干啥？”他干脆指着工程总监的脸，嗓门更高了，“你领导不让我们干这个，是要逼我们死呀！”

随着，身子往后一撤，挡在垂直运输梯门口：“这个活儿不让我们干，你们就别想进这个运输梯。”

噢，明白了，这些当地人是一定要把往楼上运沙子运砖的工作，牢牢地揽在自己手里，他们认为这些活儿是他们的一口饭，所以挡在垂直升降梯门口不让任何人上下。牛二认为他们是蛮不讲理，所以争斗了起来。

这怨谁呢？工程总监见过世面，这事可不能掉以轻心，立马汇报甲方，上报了当地街道办事处。

很快，街道办事处领导会同当地派出所，质监站，还有政府几个其他部门的工作人员赶来现场，招来村委会的干部，就地召开现场会，协调了各方利益，算是凑凑合合地压下了这起事件。

虽然是个偶然事件，但在这个城市建设的特殊发展时期，不能不说又有它的普遍性。汤副总当时就代表公司表了态：虽然我们也只是一个普通的民企，但遇到触及农民切身利益的时候，还是要以大局为重。

这个教训深刻呀！“如果时间控制得好，我们可以用这个事件简单举例说明一下，从另一个角度强调我们申请专用升降梯的重要性。”汤副总心里有谱，他觉得着重强调一下垂直运输，应该算是与众不同的一个亮点。

“我同意。那我一会儿述标的时候尽量把这事插进去。”工程总监肯定地说，为了表明自信心，又补了一句，“咱啥标没投过呀，肯定能控制好述标时间。”

“呵呵呵，那倒也是，咱啥标没投过呀。”廖绅笑着调侃了一句。

汤副总听出了他的话外音，也凄惨地苦笑一声：“是啊，这么多年了，各种花样的招投标规则，我们都遇到过了。”他看看身边的各位，扳起指头说，“是不是呀，什么综合评分法、什么最低价中标法、什么评审组推荐、领导定标法……哎呀呀，不一而足呀。”

半天没吭气的成本总监也笑了：“你们记得最搞笑的是什么办法？”还没等大家回答，他就禁不住喷出声来，“就是那个抓阄法！哈哈哈……”

说起抓阄，工程总监脸一红：“也不知谁想出来的这个馊点子。那次让我赶上了，我真的没有自信心，跑到卫生间好好洗了洗手，纠结了半天，不知道究竟该用哪只手去抓。”

“好啦好啦，别说了。”大家异口同声，心里都记得呢。

最后他一抓就是个白阄，根本就连入围的资格都没有，同事们辛苦了半个多月，瞬间就打了水漂。

汤副总收敛笑容，摘下宽框眼镜，一双略微浮肿的泡泡眼像广角镜一样对着大家：“抓紧时间，还有商务标，泮总提醒的底线，那就是我们昨晚商定好了的原则，好吧。”

“可以。但我心里总不踏实，感觉我们定的底线，还是缺乏明显的竞争力。”成本总监一张口，听着就底气不足。

“既然打价格战我们没有底气，那就更要突出我们的根本优势，那就是技术创新，科学管理，坚守我们的这个最大亮点。”

汤副总的手在空中一挥，给大家以坚定的信念。可紧接着语气一变：“唉，说来说去，最终还是这一条，价格战！所以，廖绅呀——”汤副总盯着廖绅，又扭头看看周围，压低了声音：“你可要留个心眼，下午的商务标完成一次报价后，抓紧那几分钟的空当时间，一定要把现场的各种情况及时反馈给汴总，随时调整我们二次报价的策略。”他又看看周围，声音更低了一度：“千万小心别出纰漏！”

这时，工程总监突然很神秘地说：“哎，你们看。”他的下巴往前伸了伸。

几位顺着他的指处望去，只见冼贝踩着高跟鞋，一颠儿一颠儿地扭着柳腰，进了招投标大厦的大堂。

嗯，咋回事？这个时候她来这儿干什么？太敏感了。廖绅立马给若谷发了个微信。

汤副总抬手看看腕表，八点十五分了。他示意众人起身：“我们也该上去吧。”

话音未落，廖绅突然摁住他：“您看……”

上班的人流开始密集了，人群中，一个矮敦壮实的男人快步往大堂走去，头上的小鬏鬏跟着步子的节奏上下颤动着——

那不是拓钺吗！众人一惊。

“再等等。”廖绅让大家坐回原座。果然，不远处，拓箜君也在人群中出现了。

“把这个情况赶紧报给汴总。”汤副总抬手扶了扶眼镜框，眼睛直直地跟踪着拓箜君渐远的背影。

廖绅以最快的速度发出了这条微信，只见汤副总的头一甩：“走。”

几位迅速走出早点店，随着人流进了招投标大厦。

03-34

从莲花山转了一圈回来，万汻感觉神清气爽，胸中郁闷一扫而空。他简单洗漱了一番，就下楼来准备早餐。

蔡师傅早早煮好了一锅小米粥，看着黄澄澄，闻着香喷喷，令人味蕾顿开。看见万汻进来，他盛了一大碗端上餐桌，又拿了几片烤馒头片、煮鸡蛋、咸菜，一起摆在桌上。

“嗨嗨，昨晚又是一宿没好好休息吧？一年四季就吃这老一套，行吗！”蔡师傅看着万汻的早餐，笑着指指旁边，“你看看人家年轻人，啊？”

几个年轻员工在餐厅一角边吃边聊着，他们自带的早餐都是三明治啦、水果啦、热牛奶一类的。圣格美公司不负责员工的早餐，但为了方便员工，每天早晨八点半前，公司餐厅为早到的员工提供开水、茶包、咖啡、豆腐乳，几款小咸菜……所以，部分年轻员工为了避开早高峰，宁愿提早赶来公司，吃着自带早餐，喝着咖啡品品茶，不担心迟到还能聚在一起聊聊天，一举两得，何乐而不为。

“呵呵呵，这不图省事嘛。再说小时候的口味也不好改呀。”万泮端起热乎乎的粥碗送到嘴边，对着碗嘘了口凉气，边说边对蔡师傅笑笑：“小米粥营养不比牛奶差吧？”

“那说的，不能比吧。”蔡师傅觉得饮食上还是他有发言权。

“那你说，人家老八路不就靠着小米加步枪，把鬼子也打跑了，哈哈，来来，一起过来吃吧。”

“呵呵呵，那我可说不过你。”蔡师傅也不见外，端了一大碗小米粥坐在了万泮旁边。

“不过，从人家年轻人的生活理念上来讲，还是挺值得我们学习的。”蔡师傅主要还是顾及万泮的健康，一个劲把话题往年轻人身上引，“你看人家，懂工作，会工作，爱生活，会生活。”

见万泮只顾闷头喝粥，就冲着他继续说：“你看你，就知道工作，觉也不好好睡，饭也是瞎凑合，除了工作，还是工作。唉，我看你呀老哥，你啥都厉害，哪儿都明白，可就是分不清啥是工作，啥是生活。”

“呵呵。”一听这话，万泮抬起头来看着他的老战友，心存感激，可嘴上却说，“你不觉得这是我的幸福吗？”

“哎哟……”蔡师傅文化程度不高，一遇到幸福呀，理想呀，追求呀这些个词语，他头顶就腾起一团雾，心里自然又会憋出来那句“那我可说不过你”，话到嘴边又咽了回去，只得“嘿嘿”地尬笑了两声。

“你想想，老蔡。”万泮一边嚼着烤馒头片，享受着咀嚼时慢慢溢满口腔的麦香，一边望着斜对面不远处那几个年轻员工说：“一个人，他所从事的工作，既是他谋生的保障，又恰好是他的爱好，甚至还寄托着他的理想……”万泮淡然一笑，脸上露出别样神采，像是对着蔡师傅，又像是对着那几个年轻人，更像是在自言自语：“谋生，爱好，理想，能把这几样互不沾边的东西共冶一炉，应该算是人生之大幸呀。”

蔡师傅能听明白万泮的这几句话，可他脸上却现出了莫名的惆怅：“唉，话是这么说，可现在年轻人能找到一份适合的工作，也就不容易啦。他们身上的压力大得很呐。”

这我能不知道吗——万泮心想：上百号员工，清一色年轻人，都挤在这么个传统行业里，员工要就业，想进步；公司要生存，想发展……出路何在，方向何在？都是压力啊！

唉，先不想了。

他端起碗来，呼呼两口喝完了剩的那点粥，站起身来拍一下蔡师傅的肩膀：“我上楼去，你歇口气也该忙中午饭了。”

万泮还没离开餐桌，只见若谷急匆匆进了餐厅。

“老板。”若谷快步走近万泮，把手机举在他眼前。

“什么事？”万泮把诧异的眼光聚焦在若谷手机屏上，一看，是廖绅发给若谷的微信，“刚刚意外看见冼贝来了招投标大厦，紧接着拓钺和拓筌君也先后到了这里。直觉判断，很有可能是冉生派她来跟拓筌君接触，具体为什么，不清楚，请立即汇报泮总。”

万泮眼前突然冒出来昨天招待晚宴上拓筌君和冉生的面孔，“垫资”“围标”，这两个词组也在脑子里翻腾了起来。

“不会吧……”他抬手看看腕表，七点五十五分了。

“人都齐了吧？”他惦记着预定好了的会议。

“都到齐了。”

“嗯，先上去开会。”

若谷跟在万泮身后，快步上了二楼。

小会议室里，人资总监和陈工已经坐在一进门的那里。见到万泮进来，陈工紧张地站起身来。

万泮走进里面端头的主位上坐定，向门口的那两位招招手：“过来，坐近点。”说完，朝着一侧的若谷点点头，“抓紧时间，开吧。”

“好。”若谷摊开会议纪要本，跟人资总监对视了一下，就朝陈工说道，“今天这个会就一个内容，解决牛二班组人工费久拖未决的事。”

她看了看低着头的陈工：“陈工，就请你先把原因向大家阐述一下吧。”

陈工抬起头来，尽量避开万泮的眼光。

他看了一眼若谷，又看了一眼人资总监，心里嘀咕着：为什么人资总监在这儿？会不会是要炒我鱿鱼？他觉得心跳已经加快，眼前什么都变得很模糊。

他听见若谷又轻声唤了他一声：“陈工？”

“嗯？哦……”

陈工一下子回过了神，低声说着：“其实也没啥，就是去年年底工地上杂事太多，一忙乱就给拖了下来。”

“这个理由不成立吧？”若谷柔和的女中音听起来毋庸置疑，“劳务费支付是公司最为基础的管理流程，全公司几十个在建项目，上百个劳务班组，每个月都在公司的OA系统这个办公自动化平台上办理支付，只要合理合规，瞬间就可以办结的事，怎么这一次在你这个环节就无理由卡壳了呢？”

“唉，真抱歉，我不是和你说了嘛，真的是给疏忽了！”

陈工还是抱着搪塞的老主意。

若谷指指自己的笔记本电脑，平静地说：“你看这上面，OA系统里显示，去年你那个酒店项目上，其他班组的年终劳务费都已按时支付，为啥偏偏只有牛二这个班组，到现在还卡在你的这个审批环节，没有在规定时间内办妥？你的上下游都提醒过你，催促过你，但一直无理由卡壳。为什么？”

陈工支支吾吾说不出来所以然，“反正，反正……”他的眼睛不知该看哪里，头越来越低。

显然，这是个僵局。

坐在对面的人资总监思忖一下，轻声对他说：“陈工啊，你算是公司老员工，而且也是资深项目经理，刚才若谷说的这些项目上的管理要求，你其实都很清楚，是吧。”

陈工下意识地点了点头。

“此外，”人资总监加重了语气，“除了那些项目管理要求，你也应该清楚公司在人资管理方面的有关规定吧。”

他一边观察着陈工的表情，同时稍微放慢了语速：“大家都应该珍惜在我们圣格美集团的工作机遇，珍重我们这个优秀团队，尤其是，要特别珍爱自己的成长历程。”

他有意识地在“自己的”三个字上加重了语气。

陈工没说什么，脸上泛出些潮红，神色也有些紧张。他甚至有些神经质的敏感，仔细揣度着人资总监这几句话的意思。因为他最担心的，就是东窗事发砸了饭碗——现在这个经济环境，有一份稳定的工作和收入，比什么都重要啊！

见这个情形，若谷就很严肃地说：“我不是跟你电话调查过了吗？不瞒你说，也询问了相关人员。我觉得，我们还是坦诚地，实事求是地，妥善处理好这件事吧。”

又是片刻沉默。

陈工肚子里像是烧开了水的锅一样，上下沸腾着，脑门上沁出了密密的汗珠。他现在心里明白了：牛二真的回公司总部来举报了他，这肯定是无疑的了。只不过自己没有收到牛二的钱而已。

问题是其他班组呢？有没有也来公司举报他？

如果其他班组也举报了他那可就糟了！他是确确实实抽了人家的水揩了人家的油，甚至还教唆个别班组长假造劳务工资表，虚报冒领贪污公款，这可都是既成事实啊。

陈工心里乱糟糟的，现在可咋办，现在可咋办？现在，他真的乱了方寸啦……

突然，陈工“腾”地一下站了起来，他两手扶着会议桌，侧身朝着一言不发的万汼，垂着头使劲鞠了两躬：“汼总，我对不起您。”他又转向桌子对面的若谷和人资总监，“对不起了，二位领导！”

他的声音有些颤抖：“我错了，是我错了！可……”

说到这儿，鼻子好像是塞住了，瓮声瓮气地：“是我一时糊涂，可我也是实在没办法呀！”

大家一下愣住了。

陈工一屁股坐回到椅子上，发起了呆。

从一开始就静静地听着他们交谈的万泮，又等了等，看着陈工的情绪略微平静了，就坐直了身体，一字一句地对着他说："人，都有一时糊涂的时候，先不说这个。你说你没有办法，是遇到什么不可逾越的困难了吗？"

听老板这么一说，陈工的情绪又有些激动，但他尽量克制着自己，不想袒露心扉："唉，没什么没什么，只是我自己的一点私事。"

"哦，如果纯粹是私事，当然我们要尊重隐私。可如果是遇到困难，不论是自己的还是工作中的，都可以说出来，大家帮你出出主意想想办法。你说呢？"万泮说得很诚恳。他见陈工还在一旁沉默，就又接着说："你，是咱圣格美集团这个集体中的一员。他俩——"他指着若谷和人资总监，"他俩经常在大会小会上，在公司内部培训中，反复强调，企业管理，不仅要科学化，制度化，也要人性化。明白吧？"

万泮又看着陈工："我是圣格美集团的老板，是你们的领导，但我觉得，我也是大家的兄长。"他感觉陈工听他这么一说，心中又翻起了波澜，就接着说，“直面人生嘛，有困难就去解决。员工的困难，领导要体恤，集团也要协助解决。我们集团也有工会嘛，工会是干吗的？困难解决好了，大家才能轻装上阵，才能全身心投入工作。员工和企业本质上应该利益一致，荣辱与共，是这样吧。”

万汴的一席话，让陈工感到非常的推心置腹，他终于吐露了埋藏很久的苦衷：“汴总，请您原谅啊，我真的不知道该怎么解决我面临的困局，我也真不想给公司给领导添麻烦。”

“慢慢说。”若谷给陈工递过去一杯温水。

原来，陈工的父母都在家乡务农，现在年事渐高，快要失去自理的能力了，虽说当地政府对农村孤寡贫困老人有些小额资助，暂时还不需要陈工全程赡养，但每年也得给二老不少补贴。

陈工兄弟姊妹三个，他是老大，大学毕业后工作成家，有个刚上小学的儿子，丈母娘跟着他们照看儿子打理家务，小日子虽然过得紧巴巴的，也还算是比较顺当。

陈工家里的老二是妹妹，为了减轻父母负担，中学毕业后就奔着哥哥来了鹏湾市，在很偏远的一家运动鞋厂打工，本来也能自食其力，可不料突然来了经济危机，出口遭制裁，内需不景气，工厂歇业，妹妹实际上处于无业状态。

小弟刚刚上大学，学杂费生活费全靠他这个哥哥承担。所以，这个家庭，三代人七八口子，陈工是事实上的顶梁柱。

若谷和人资总监听着陈工的叙说，不胜唏嘘。

“那，你妹妹为啥不再就业呢？”人资总监想尽力表达由衷的关心。

“唉，谈何容易呀。那一大片工厂都是中低端制造业，基本都歇业了。企业转型可不是一天的事，打工妹再就业也就更不是一句话的事了。”是啊！陈工这番话触动了万泮的心。生活所迫，往往能击溃人们脆弱的道德底线。

“这样吧，情况基本也清楚了。”万泮不想把话题扯得太远，直接提出了下一步的工作要求：“陈工，你要深刻汲取这次教训，要检讨自己，今后在工作上努力实现自我价值，实现自己的抱负，这样，才有能力赡养老人，对得起他们的养育之恩。也才能对得起家庭，爱人，也才能给孩子做好榜样——记住，身教重于言教。千万别犯糊涂，走了歪门邪道。”

“记住了，谢谢泮总！我再也不做糊涂事了。”陈工不知该说些啥，一个劲地表示感谢。

“你俩和陈工，现在就上 OA 系统，把牛二班组劳务费的审批流程走完，通知财务部，今天发放到位。”

看着若谷和人资总监带着陈工离去的背影，万泮一个人在小会议室里陷入了沉思……

03-35

冼贝进到招投标大厦大堂来，径直来到大堂吧，找了个恰好能看到大堂入口的隐蔽角落坐了下来。

忙了一早晨，出门太仓促，都没来得及好好捯饬一下自己。她掏出化妆盒，打开来，对着小镜子照了又照，把黑眼圈抹了抹，又用心挑了一支唇膏抹抹双唇，感觉是比刚才有了点轮廓感，红润而又略显活力。

把化妆盒放回挎包里，一抬头，看见拓钺的标志性小鬏鬏颠儿着出现在了人群中。她站起来朝向拓钺招招手，忽又见拓筌君也进了大堂。这哥儿俩一前一后斜着穿过鱼贯而入的上班人流，站到了冼贝跟前。

“您好，拓箜君。”冼贝礼貌地打声招呼，又向拓钺点点头。

“他奶奶的，啥事呀，这他妈弄得跟地下党接头似的。”拓钺嘴里骂骂咧咧的，一上来就没好气。

冼贝一怔，顿感莫名其妙。

拓箜君瞪了他弟弟一眼：“坐下。”

“冼贝小姐，请把情况说一说吧。”拓箜君很礼貌地坐在冼贝跟前，自带从容不迫的微笑。

“好。”冼贝也没开场白，直截了当，“冉生特别交代，为了安全起见，不让我带任何纸质资料，只能口头向二位转达。”

“冉生老道，做事滴水不漏，可以理解。”拓箜君朝着冼贝抬抬手，“请说吧。”

“是这样——”冼贝把早已熟记于心的几家材料供应商的报价资料，分门别类地逐一报了出来。

拓钺紧着在手机上的备忘录里做着记录，一边记一边请求冼贝：“慢一点，再说一遍。”

两三分钟的工夫，这次五星级酒店装修投标主要材料的底价秘密，已经全部移交给了拓氏兄弟。

“哇，真佩服你超凡的记忆力呀，年轻就是好！”拓钺不由得赞叹起来，口气里带着一丝轻佻。

他是个极其自我而又盲目自负的人，在欣赏和尊重他人方面历来十分吝啬。他又从未自觉地意识到，目中无人的秉性除了来自无知，更多的是潜意识当中的自卑心理在作祟。所以，他很少会发自内心地夸奖一个人——除了对冼贝这样看着体面却多少有点妖媚的年轻女孩子。

“拓筌君，不好意思——”冼贝站起来往前欠一欠身子，不失礼节地说，“我这就告辞了，接下来就靠你们把控了。”

她张望了一下周围：“你们也分开上楼吧。冉生有交代，要特别小心点，千万别在这里遇到万泮公司的人。”

……

此刻的万泮，还在公司小会议室里沉思。

刚才在会上，陈工提到他妹妹所在的工厂已经停产歇业的事，勾起了万泮沉在心底几年的心病。

他的两个外甥，都在东莞那一带的家具厂打工。也是那年金融危机来了的时候，工厂被迫关门，那俩小伙子和厂里的男男女女几百名年轻工人，一下子都没了着落。俩外甥登上门来找他了，说是让他随便找点事做，先混口饭吃吧。

面对这种情况，他这个当舅舅的也是一筹莫展。混饭吃？这么好的青春年华，这也太权宜苟且了吧！可是，朝哪方面努力呢？他很为年轻人们感到不甘。

恰好他去参加一个城市建设领域的行业论坛，得知政府已经在大力投入建设廉租房和保障性住房，当时他就在现场提出，这是件大好事啊！如果以政府为主导，在加大开发建设廉租房和保障性住房的同时，能够同步展开装配式建筑的研究和实践，那多好啊！特别是厨房卫生间，要定制设计，标准化生产，装配式入户，把装配式厨房卫生间变成廉租房和保障性住房的标配，这不就可以拉动一个产业吗？

当受到金融危机严重影响致使许多传统低端产业找不到出路的时候，这类新兴产业不是正好可以取而代之吗？成千上万的待业青年大量就业，低端制造业转型转产，同时积极推动建筑技术特别是室内装饰技术和营造方式的提升、创新、发展，这是一举多得的好事呀！

万泮的建议得到了与会者的广泛支持，可那次论坛不过就是个论坛而已，坐而论道，起身走人，到后来就不了了之了。

前不久又有一次行业的技术交流大会，万泮看到有发改委和建设局的领导亲自参加会议，心想这次得抓住机会，就在会上再次提起这个建议，期望政府的政策导向要更加鲜明，一定要在政府主导的廉租房保障性住房建设上率先大力推进整体厨房卫生间的研发生产。

会上，他还简单回顾了一下国家在装配式建筑研发方面曾经有过的几次尝试。说最早的探索没接住地气，黄了。

后来在改革开放初期的20世纪七八十年代，我们政府又搞了一阵子“大板楼”，一种很简单粗放的装配式建筑。但随着社会经济生活的迅速改善，人们对住房环境迸发出来的高标准多样化要求，这种呆板的建筑很快就被市场淘汰了。

到了本世纪初，民间有企业引进国外技术，专门做整体式厨房和卫生间。可他们是成套引进，没有结合我国具体国情进行必要的技术消化和改造，在空间尺度上和厨卫设备的具体尺寸上，跟我们生活习惯中的需求有很大差异。后来掀起了住房商品化浪潮，这种小巧玲珑的玩意儿，很为国人所不屑，热闹没几天也就烟消云散了。

提到这些历史片段，万泮的话就由不得有点偏激：在当今这个经济格局大动荡时期，政府决不能只是头疼医头脚疼医脚，我们企业期望看到由政府主导的统筹规划，看到科学布局，更能看到政策的前瞻性……

本来，这也是我们装饰行业的机遇，虽然我们已经在装配式装修施工方面进行了卓有成效的探索，但如果有政策的导向加持，有足够的财税给力，借着开发整体厨房卫生间的机遇，我们就可以直接切入制造业，整合产业链，从而让传统装修业脱胎换骨跨上新台阶，彻底抹去手工作坊的先天胎记。

不然，唉，坐失良机，可惜呀……

万泮不是个忧国忧民之士，他知道那需要很开阔的胸襟和很高的境界。他所关注的，只不过就因这些宏观因素影响到了企业成本，让他这个自主创业的民企经营者心存忧虑而已。

但令人费解不堪的，反而常常是那些微观的眼前的所见所闻：城里人都清楚，住房中对生活品质影响最大的，莫过于厨房卫生间这两个小空间。商品房大多是毛坯房，每个购房者都想标新立异，都想追求个人品位，都在竭尽所能对这两个小空间进行改造装修。

拆拆改改，这过程不知造成了多大浪费，你要说那是天量浪费，都不会有人说你夸张，过分。

城里人找钱容易爱折腾，也就罢了。可就连蔡师傅他老家那贫困乡村里的外出务工者，也把在城里含辛茹苦打工挣的那点血汗钱送回去，家家起楼，户户攀比。那地方连人畜饮水都困难，也要买个洗衣机，结果却用来装土豆。还要安个抽水马桶，最后被老爷子做了个铁笼子套起来，成了他的保险柜。其实他那点儿“细软”，还真不如那个抽水马桶值钱呢。

哭笑不得是别人的事，作为他来说，宁愿空置不用，也要摆在那儿给村里人看。唉，虚荣攀比，死要面子活受罪！

可谁又琢磨过，厨房和卫生间，这两个小空间，是多大的产业“蛋糕”啊！城乡居民每家每户在这两个小空间里产生的小小浪费，汇聚起来，那又是多么旷世惊人的社会资源浪费呀！

奢靡和浪费，无异于犯罪。曾经前辈的忠告，早被抛到了九霄云外，罪孽呀！

唉，是你想得太多了吧！万泮拍拍自己半秃的脑袋，从悲戚中收回了万千思绪。

困扰自己的，还是眼前的问题。

他看看腕表，马上就到八点半了。这座鹏湾市地标性的五星级酒店投标，就要正式拉开帷幕了。

到现在为止，他最为担心的，还是投标的商务报价有没有竞争力。

他的心里忐忑不安，企业发展这么多年了，我们之所以还是个很传统的技术服务型企业，也许，还是因为被自身的“传统意识”所束缚，缺乏改革创新的内生动力吧。

再加上产业生态圈脆弱，原材料不断涨价，用工荒推着劳务费见天涨，直接导致企业成本不断攀升；有形的手无形的手都在竭力调控，实际效果差强人意！只要市场竞争一激烈，群雄逐鹿，一窝蜂就都冲上来打价格战！

价格战是白刃战，含不了一星半点的水分，如果我们不蹚价格战这个浑水，那我们的胜算又在哪里呢？

可是，完全凭借技术创新和科学管理去拼，能得多高的分呢？按这次的评标规则，商务标如果不具备优势，技术标得了再高的分，都无济于事。在这个“志在必得”的地标性五星级酒店投标中，敢冒这种孤注一掷的风险吗？

他脑子里又浮现出早晨若谷给他看的微信，冉生的助理冼贝小姐一大早出现在招投标大厦，究竟是去做什么？一个年轻女子一大早去逛街？笑话，不可能呀。要是专门过去办事，那是办什么事呢？看来其中必有蹊跷。

想到了昨晚上冉生突然出现在接待拓筌君的饭局上，难道完全是偶然的吗？饭局散了之后，冉生特意又打回来电话，说本来是想当面跟万泮协商，表达他自己可以为这次投标项目垫资的意愿。万泮当时的感觉是，他做人太精明了！现在想起来，冉生难道提前就认定了，这次投标一定会拼垫资，才有可能中标吗？

他能这么认定，是凭什么呢？

更令人百思不得其解的是，万泮很少在下班后接到过冉生的电话或微信，更何况那么晚了还发来微信谈工作。尤其不可思议的是，他也没说啥正常的工作问题，而是很谨慎地、小心翼翼地要探询万泮有无搞围标的可能性。

他这是什么意思嘛，明明知道我万泮对围标这类事深恶痛绝，为啥硬要往这个枪口上撞！难道——万泮反复琢磨着，难道这个冉生，是要刻意暗示某种信息吗？

已经到这个地步了，万泮步出小会议室，边上楼梯边想，冉生暗示我也好，提醒我也罢，从圣格美集团的角度来讲，也算他尽到一个合伙人的那份心了。

现在这个时刻，必须义无反顾，恪守初心，排除干扰，全力以赴，去做出自己最大的努力吧。

03-36

招投标中心的前厅里，经过资格预审合格后，参加鹏湾市新地标五星级酒店精装修工程投标的二十家入围单位的代表，已经汇集于此。

这二十家单位里，有将近一半是来自北上广三大一线城市的著名装饰公司，堪称行业翘楚；其余的都是鹏湾市本地一流装饰企业，每家公司头顶也都有着耀眼的光环。可以说，这个五星级酒店精装修工程的中标单位，一定能代表了当下中国装饰界施工技术的最高水平。

前厅工作台上的麦克风里，传出招投标组织者的通知声：

“各单位请注意，请每个单位派出一位代表，来这里参加抓阄，按抓阄的自然数顺序，确定今天的述标排序。”

“呵呵，又要抓阄。”汤副总嘴一撇，朝工程总监笑笑，“怎么样，你是主角，你去抓吧。”

“哎，使不得使不得，我手气不行。”工程总监赶紧摆摆手朝后退两步，面露怯色。很不自然的笑，把脸涨得通红，一个劲地朝汤副总摆手，“还是请领导主持，请您主持。”

“这有啥嘛……你真不去？”汤副总还是调笑了他一下，又接着说，“那就我去抓吧，排哪算哪啦。”说着，跟着抓阄的队列去了工作台。

一转身的工夫，汤副总已经返了回来。

“噢，抓了几号？”几位齐声问道。

“呵呵呵你们猜。”汤副总抓阄的手还没松开，直接举到了大家面前。

“不会是第三吧？”工程总监有点紧张，“太靠前了不好，我的准备时间就太短了。”

“那最好抓个倒数第三。”廖绅带点调侃的意思。

“最好？”汤副总经验丰富，举着握紧的拳头在空中挥一挥，“要说最好，最好抓个中间偏后的，这样中标概率最高。”

“不会吧，还有这种说法？”几位很不以为然。

“呵呵呵，你们还不信，”汤副总有点卖弄，“不信你们想想，那些个跳水比赛啊，歌手大奖赛啊，还有啥钢琴公开赛，凡是这一类比赛，获奖选手一般都是中间靠后的那几位。”

他看着大家，摆出无奈的神态晃了下脑袋：“没辙，事实如此。”说着，他把手往开一展，工程总监赶紧从他手心里拿过来纸阄，迅速打开，几个人的头都凑了过来——“啊？”

谁都没想到，抓中的是01号。

众人瞬间沉默。

赖总工始终没吱声。片刻，听见成本总监嘟囔了一句：“起得早不见得身体好。”

汤副总狠狠地瞪了他一眼：“别废话，赶快准备进场。”边说边推搡着几位，急急忙忙往述标厅走去。

述标厅外面的候场长廊里，乌泱泱地坐满了百八十号人，每个投标单位的述标团队，最多不得超过五人。大家都在尽量压低声音交谈着，嗡嗡嗡的低频声形成的紧张空气，令拥挤的长廊愈觉压抑。

廖绅紧跟着汤副总往前走着，在黑压压的人头中，突然有什么东西扰了他眼侧的余光。他本能地一转头，噢，是那个熟悉的小鬏鬏。

果然，他是来参加投标的！廖绅立马掏出手机，迅速给若谷发了条微信："拓钺来参加投标，不知代表哪家公司。请设法查清并速报汴总。"

麦克风里又传来了声音："01号公司，01号公司述标团队，请你们现在进到述标厅去，提前做好述标准备。"

空气有些凝固。汤副总他们几位不约而同地都感到嗓子眼里有些干涸。

述标厅里，长条会议桌两侧，一边是十多人的评标专家组成员，另一边是监察小组成员和公证员。长条桌的端头正对投影屏幕，端头空着的座椅就是述标席。

汤副总带着他的述标团队一进述标厅，他的心似乎被啥抽了一下，倏忽间有种很不舒服的异样感觉，说不清道不明的。他赶紧克制住自己，脸上挤出几分笑意，礼节性地向评标专家组坐席方向点点头，很快坐到自己的席位。

他迅速挥去脑子里的杂念，看了一眼他的四位同事，大家都在仔细听着招标组织者宣读现场纪律和注意事项，只有廖绅下意识地摸了摸西装上衣里面的口袋：所有入场述标人员，都已经按规定提前把手机留在了述标厅外面的储物小柜里，只有他带了两部手机，当着工作人员的面放进储物小柜一部，自己还偷偷带了一部在身上。

他的面色平静，坦然。这种在招投标过程中私带手机进场的事，廖绅干过不止一次了。他怎么会不知道擅自违反纪律的不耻呢？他是那么自律的人呀！只不过，每次他都安慰自己：反正不是我一个人干这种勾当。再说，我也是为了公司的利益，践踏一次自己的道德底线罢了。

一人做事一人当，廖绅守口如瓶，从来没有向万泮汇报过此事，更没有向汤副总和其他同事提起过。甚至，连他的妻子若谷都不知晓此事。他这样做的想法，无非是主观上幼稚地假设，一旦猫腻败露，自己承担全部责任，尽量不要给公司造成声誉和经济损失，更不要连累他人。

他向斜对面的监察小组席位扫了一眼，他的哥们儿——说穿了，是利益共同体的同伙，市质监站的邵工，面色凝重地正襟危坐在那里。廖绅清楚，邵工更像是他的一个“线人”，一定已感觉到了来自他眼光里的信息波。他俩的这种秘密合作，经过多次磨合，特别是彼此的灵魂经过市场经济中“利益”这座熔炉的淬炼，已经达到无形胜有形的默契程度了。

廖绅很放心，因为邵工也藏带了手机，今天招投标过程中的关键节点，邵工自然会暗中点拨，运筹帷幄于袖里乾坤。

见投影幕上已经投放出了自己公司的投标 PPT 演示文件，汤副总清清嗓子，用沉稳的语速，平和的声调款款说道：“各位领导，我们是鹏湾市圣格美装饰集团，现在开始述标。”

他稍作停顿，看了一眼对面一字排开的十几位评委，感觉其中像是有几位熟面孔。

他把眼光移回到自己身边，指指左右两侧，微笑着对评委们说：“我们公司为这个五星级酒店装饰工程组建了最强施工项目部阵容，请允许我介绍一下我的团队成员。”他指指工程总监，“这位是我公司工程总监。为表示我司的重视程度，特委派工程总监亲自出任项目部项目经理，也是这次投标的主述标人。”他又指指赖总工，“这位是我公司总工程师，我们特意安排他出任这个重要地标性建筑的技术总负责人。”

汤副总又把眼光投向对面，他注意到所有评委的眼睛都睁圆了，他相信自己公司为这个项目做了这么顶级高端的人力配置，一定已经起到了先声夺人的作用。

果然，评标专家组组长开口了："看来贵公司真是押上本钱了。好吧，言归正传。"

组长的话音一落，工程总监马上点开PPT目录，对着各位评委开始讲解："我们的技术标分四个重点：一、设计驻场，全程服务；二、工法引导，样板先行；三、工厂定制，严控物流；四、不是总包，胜似总包。"

开宗明义，工程总监短短十几秒钟的开场白，已经紧紧地抓住了所有评委的注意力，有人在记录纸上开始饶有兴致地做起记录。

他接着继续讲解："第一点，鉴于本项目的风格独特性、造型多样性、技术复杂性，我们的设计团队会第一时间入驻施工现场展开工作，这是我们公司针对这个项目最重要也是最先决的一项技术举措。它的作用就在于，用最短的时间，把编制标书过程中发现和归纳起来的本项目技术重点、难点、疑点，以及原始设计中的漏点，一次性提出解决方案。"

工程总监回过头来看看评委们，察觉到有个别评委细微的面部表情里，已经流露出内心的首肯。他信心十足，从容地进一步解说道：“当然，这项工作要和现场的实测实量工作密切结合起来，同步推进。在这么大体量的建筑里，要对所有内部空间的平面、立面，和各种细部的具体尺寸做一次全面的实测实量，找出建筑实体和设计图纸之间存在的尺寸误差，这个工作量巨大，我们会在一周内完成解决方案的落地。这项基础性工作的高质量完成，将为全面展开后续的精确施工，打下良好基础。”

汤副总看了下腕表，第一项重点内容，叙述用时差不多才一分半钟，嗯，节奏控制得相当可以。PPT 展示的述标内容图文并茂，画面简洁明了，他朝工程总监肯定地点了点头，示意他照此继续。

“我们的第二个重点，是基于对这座酒店新颖的高品位设计创意的深刻理解。”工程总监特别强调了一下“深刻理解”四个字，他意识到坐在评委席最端头的拓筌君，这位酒店装饰总设计师在频频点着他的头，毫不掩饰稍微受到些许赞誉，小小虚荣心就很满足的那份快感。

好吧，工程总监一转念，就离开了手中原先准备好的解说稿，用比较自由的语句，行云流水一般的语速，展开了略带情调的叙述：“我们深刻地理解到，要想通过装饰施工来完美体现这份高品位设计创意的精髓，就必须在公共区域的每个空间、每个厅堂里，以及在不同类型的每种客房中，对其丰富多彩的空间造型和精湛细腻的工艺处理，从基层到面层，用完整的施工工法，提前都表现出来，用标准工法引导全面施工。同时——”工程总监稍作停顿，以便给大家留一点儿喘息消化的间歇。紧接着他继续解说，“同时，每个空间都要把最精彩的局部或者最具代表性的片段，提前做成样板间或者样板段，让质量标准和将要完成的装饰作品，真实地客观地摆在所有人面前，作为一个参照系，或者是一面镜子，让现场的所有人都知道，看到的这些样板，就是我们辛勤付出和努力拼搏的最终目标。”

汤副总忽发感慨：“哇，工程总监这小伙子的口才，今天是超水平发挥呀！”他认为今天的述标开局很棒，忍不住内心冲动，就做了一个小结性的插话，“这就是我们的第二个重点，工法引导，样板先行！”很铿锵的余音缭绕，让整个述标厅里，反而像安静得可以感觉到每个人的心跳声。

突然，评标专家组组长开口了：“讲得好！”

他跟左右两侧的其他评委打个招呼，笑眯眯地解释说：“本来嘛，按述标流程，我们预留了最后三分钟是互动答疑环节。但我想，不如述标、答疑同步进行，这样互动得还会更充分些。大家觉得怎样？”

他又左顾右盼一下：“没问题就算同意了。那我就先互动一下吧。”他眉间一蹙，一道冷光从聚焦的小眼中射向工程总监，“你这个‘工法引导，样板先行’的概念好得很，至少听起来好得很。但是我想知道，照你们的说法，从基层到面层，每个部位都要做工法示范，每个空间都要做样板，这样的话……”

他又左右扭了扭头，对着各位评委做出一副很怪异的表情，语调也有点阴阳怪气：“这么一来，工期就不说吧，你们测算过需要发生多少成本吗？这可不是开玩笑的。”

工程总监一怔，看看汤副总和几个同事，大家面面相觑，一下子有点语塞。

成本总监欲言又止，专家组长不理睬他，接着又问：“或者说，这部分成本，你们有能力测算得出来吗？”

啊？汤副总一听，立即感觉头皮发涨，这话问得有点出格吧，他这是啥意思，是瞧不起我们，还是故意打压我们？

怎么有点面熟？他是何方神圣呀，居然这么出言不逊！

汤副总刚想回问，这位组长拦住了他，不给他说话机会，自己又开了口。

这次姿态很鲜明："成本，成本控制意味着什么？当今的装饰市场，众所周知，那可是微利时代呀！干毛巾都得拎起来再拧一把，要挤出来最后一滴水，懂吧？"

他的脸似笑非笑，左右看看各个评委，对着他们说："虽然我们反对打价格战，特别是在这个地标性五星级酒店的项目上，我们坚决反对价格战。但是，如果连基本的成本控制都缺乏概念，我看——"

他又看看评委们，再盯着述标席上有点发蒙的圣格美集团工程总监，提高了音调："我看，你有过实战经验吗？这纸上谈兵的事，像是有点儿哗众取宠吧！"

空气"唰"的一声凝固了，顿时，述标厅里鸦雀无声。

03-37

“喂？是我，我是万泮。”万泮从办公台上的一堆文件中抬起头来，把正在接听中的手机拿到脸前一看，噢——

“是梁处啊，呵呵呵，失礼失礼，正在瞎忙。”

说着，他把身子往后一仰，抻了抻酸困的脖子，又抬手揉了揉干涩的双眼。忽然想起昨晚在凤鸣KTV歌厅和梁处没少喝，就笑着说道：“哈哈哈，昨晚喝太多啦，您也没休息好吧。”

电话那头的梁处说：“呵呵呵，没事，我这是家常便饭。”

万泮随即打住话头，一本正经地说：“好啦，您这么忙，有啥吩咐吗？”

“呵呵，客气，谈不上吩咐，还是昨晚跟您说起的那件事。”

哪件事？“噢，您是说——”万泮一时间摸不着头脑。

“呵呵，泮总啊，谦虚一直是您的美德，这我也清楚。”梁处知道万泮有可能是真记不清了，电话里不歇气地说，“申报条件和说明，以及相关表格，我已经安排处里的同事发给您的助理若谷了，请务必抓紧时间看看，尽快填好了报上来，好吧。”

噢，这下万泮明白了，昨晚歌厅里乱哄哄的，怎么能记得住呢？说了半天，是那个什么“鹏湾市装饰行业辉煌十年风云人物”评选活动吧，哎哟，这还真是个事。

万泮一时不知道该怎么答复梁处，只好客套一番：“哎呀，谢谢梁处，谢谢您的抬爱。”

虽然隔空通电话，他还是坐直了身子以示尊重，很认真地说：“您看这样行不，我今天都在集中精力弄那个投标的事，等过了今天，我认真学习学习这个文件再向您讨教，好吧，梁处。”

“没问题，不急这一半天的。您先把大事办妥了咯。”

“哎，说到这儿了，就还得请您鼎力相助噢。”万泮一下想起昨晚在凤鸣KTV里跟梁处的那些酒话：“梁处，我还得耽误您几分钟，昨晚您说的话还记得吧？”

“您指什么？”电话那边梁处也显得挺认真。

“您最后说请我放心。可今天这个投标的情况，比预想的复杂很多了，我还真有点不太放心啊。”万泮直接说出了他的顾虑。

“有这么严重吗？”梁处的语气很镇定。

“我跟您讲，上午的技术标我一点儿都不担心，我们肯定能顺利进到第二轮，也就是下午的商务标环节。可是——”

万泮确定梁处一直在认真听着他的电话，就十分坦诚地说：“现在的实际情况是，商务标其实就是拼价格。价格战，必然就是低价中标。‘低价中标，高价结算’，梁处啊，我们鹏湾市前些年在这方面的教训，还不够深刻吗！”

万泮说着说着有点激动：“坦率地讲，梁处，我对这个五星级酒店，早已下了志在必得的决心，我相信我们圣格美装饰集团强大的技术实力和丰富的实战经验，如果有合理价格做成本保障，必定能为我们鹏湾市打造一座精彩的新地标。”

好一阵子才轮到梁处说话：“这我也相信。”

“可是，让我去参与打价格战，我是一万个不情愿啊。”他深叹一口气，继续对梁处倾诉着内心的纠结，“创精品，创标杆，那是我们的追求，是我们一贯秉承的工匠精神。但是，仅仅为了商业目的，为了赚钱逐利而舍弃我的原则，甚至违法乱纪……我真转不过来这个弯呀。”

万汼这一通掏心窝子的话，一定是让梁处也深受感染了。可电话里，梁处的语调虽然不是冷冰冰的，但也没有任何色彩：“借你的话，商场如战场。”

万汼一愣，没想到换回来这么句话：“啥意思？”

“活着，才有胜利的希望。”

噢——明白，这是当年在部队作战训练时，连长天天讲的一句话。时过境迁，现在听梁处讲出来，别有深意。

万汼想起来，当年军中还有很多战例点评，记得最牢的是这样一句：“攻占阵地，就是胜利。”

“今天下午是攻占阵地的决胜之战，梁处，您有什么锦囊妙计相赐于我吗？”万汼的话不是开玩笑，他真有点像是古代的主帅，在向自己的军师阵前求计。

“有人在现场做你的内应。”声音低得几乎听不见。“嘟……”梁处挂了电话。

万汼觉得耳朵里“嗡”的一声，不由得晃了晃脑袋，心里的石头好像落了地。他随手拉过来座机，摁下了若谷的呼叫键。

……

“嗒嗒嗒”……熟悉的敲门声一停，若谷已站在万泮办公台前。

“老板，您看这个——”若谷把打开的手机递到万泮面前，是早晨八点多的时候，廖绅发来的微信：发现拓筌君兄弟俩先后进了招投标大厦。

“看您一直在忙。”若谷见万泮已经看清楚了廖绅的微信内容，就收回手机向万泮汇报，“我刚才已经上网查过了，有一间注册在京华市的‘文武装饰工程有限公司’，它的法人代表、董事长、企业负责人，都很陌生。但是这间公司背后的实际控股股东，是拓钺。”

“文武装饰？”万泮的眉头皱了皱，“你肯定是昨晚来的那位拓钺？设计大师的弟弟？”

“没错。而且，招投标网站公示的今天这个酒店项目投标企业名单里，就有这间文武公司。”

若谷看见老板的脸色越来越凝重，就静静地在一旁待着。

“嗯——文武，对呀。”万泮示意若谷坐在他办公台对面，像是征询若谷，又像是印证什么，“一文一武，筌是乐器——文；

钺是兵器——武。是不是这个意思？”

“没错，应该就是。”

“好吧。”万泮心想：是这哥儿俩呀，弄了半天，昨晚是想来“圈”我的。

呵呵，你要你的文武之道，我玩我的春秋大刀。

他一拍桌子，顺势往起一站，两道眉毛立了起来：“今天就算狭路相逢吧。”他走到沙发这边，招呼若谷也过来一起坐在沙发上，面色已经恢复如常。

“这事先不说了。”他指指若谷手里拿着的一沓材料，“还有啥要紧事吗？”

若谷边把手中材料递过去，边解释说：“这是建工局梁处那边发过来的，关于我市评选装饰行业辉煌十年风云人物的事。”她伸手指着文件中已经被她画了标注线的主要条款，提示万泮仔细阅读。

“噢，我叫你过来也就是为了这事，梁处刚刚来过电话。”

万泮笑笑，边看文件边问若谷：“你说这事，咱有必要参加吗？”他完全是商量的口气，可见他对这件事没有思想准备，到底参不参加评选，心里真的不托底。

“嗯……”若谷对自己的老板，从来都是直抒己见，不藏不掖。她略一思索，就用疑问句的方式委婉表达了自己的意见，“您不觉得参加一下挺有必要吗？”

“呵呵呵，你呀——”万汼笑呵呵地调侃一下若谷，“你是不是觉得一旦我被评上了，你也挺荣耀的？”

他懂他的员工，特别更懂他的助理若谷。

公司的年轻人们，都很有荣誉感，他们热爱公司，敬重他这个老板，企业凝聚力往往表现在这个方面。可是，当老板的压力也往往来自这些方面。员工们越是关爱集体，越是敬重老板，老板身上的责任和肩上的担子就越是沉重。所以，从万汼内心来讲，他并不贪慕虚荣，反而担心被荣誉所累，恐惧荣誉带来的无形压力。

“那肯定会很荣耀咯！”若谷的脸一红，又充满疑问地转向万汼，“可您不会以为这只是您个人的荣誉吧？”

果然万汼很肯定地回答：“那我不会！”

“是啊——”若谷指着那份文件说，“您是公司的灵魂，公司的代表人物。您胸前的荣誉，您头顶的光环，说得明白点，那都是我们公司软实力的一部分呢。”

“噢？你这个说法可是明明白白的了。”万汼表示赞许。

“再说呢——”若谷沉吟片刻，望着他老板，一时不知从何说起。

“嗯？”万汼放下手里的文件，抬头问道，“再说什么？”

若谷想了想，很郑重其事地说：“您不是正在带领我们努力 IPO 上市吗？这一类的荣誉，既然是企业软实力的一部分，不知是否会对 IPO 产生些积极影响。”

“呵呵呵，”说到这儿，万汼笑笑，“你应该知道呀，申请 IPO 过程中的主要影响因素，简单来说是对近年来企业经济指标的评估和对企业未来成长的预测。”万汼说着又点点头，抬起眼睛朝前看去，好像思绪也随着眼光飘向了远处，“可是，IPO 之后，企业的软实力，的确也会对资本市场产生很大影响啊。”

见若谷在一旁静静听着，万汼把文件递回给她：“这样吧，这件事就由你来负责具体处理吧。”话语里充满了信任。

年轻人，越来越成熟了，力学笃行，深谋远虑呀——

对于企业未来创新发展卓越前行的期望，就寄托在这些优秀年轻人身上了。

万汼望着若谷走出办公室的背影，心中感慨着。

03-38

各家公司的述标小组像走马灯一样，进一家出一家，进一家出一家，又好似某种物质流量一般，在述标厅和候场长廊中间的那道双扇门那儿，输出输入交替进行着。

候场长廊里的嗡嗡声依然如也，只不过高了几个分贝。空气中弥漫着愈渐浓稠的焦虑不安，人们压抑的情绪里能感觉到越来越明显的烦躁和不满。

不知哪个公司的几位述标人员，刚刚从述标厅里走出来就满嘴牢骚："这就给了十分钟时间，哪里够说呀！啊？我们那么多的优秀业绩，获过那么多顶级大奖，啥还没说明白就被撵出来了。”一听就是有实力的大牌公司。

有人立马接上了他们的话茬子：“是啊，啥意思嘛？是不是走过场呀，不会是有啥猫腻吧？”

一听这话，立即激起了周围另外几位的深度疑虑：“是不是拉我们来陪绑的呀？编制标书辛苦好几天了，又大老远地从外地赶过来，可不是为了来这儿充这个冤大头的。”

也有几个躲在一旁捂着嘴偷笑的，一副幸灾乐祸的模样。

汤副总和他的圣格美述标团队早已经结束了述标，出来坐在了候场长廊靠窗的一角。窗外吹进来温润的东南风，冲淡了这个角落局部的混浊空气，让刚才在述标厅里有些急躁和不平的大脑，逐渐冷静了下来。

“这个评标专家组长究竟是谁呀？怎么看着这么眼熟。”汤副总摇着头，嘴里念念叨叨地问了好几回。

整个述标过程中一言不发的赖总工抬起左手扶了扶黑色眼镜框，又习惯性地把垂在额前的一缕灰白浓发往后撩了撩，露出阔展的前额，歪过头来看看汤副总，带着一点儿嘲弄说：“嘿嘿，你这贵人多忘事吧……”

“嗯，你啥意思？”汤副总诘问道，“这么说你认识他？”

“噢——想起来了，嗨！”一句话提醒了工程总监，他一拍脑袋，“不就是前年带队考察我们公司，后来套着我们变相垫资施工的那个酒店老总吗？”

这一下，廖绅也想起来了：“对呀，您当时不是对他很不客气吗？跟他说小鸡不尿尿什么的。”

“哈哈哈……”几位都笑了起来。

汤副总狠狠拍了一下自己的大腿，镜片后面闪出凌厉的目光：“原来是他呀，市里的专家库成员那么多，谁能料到这次是这家伙来主持招标，这不是冤家路窄吗。”

“谁说不是呀，当时我建议给他送个红包，您坚决不准，记得吗？”廖绅提起这事还对汤副总心存芥蒂。

“唉，是呀。”汤副总长叹一声，无奈地追叙起当时情景，“那小子不给我们预付款也就算了，还把单价压得那么低，压那么低还月月拖欠不想付款，更加厚颜无耻的，是三天两头变着法来暗示我们给他送礼——呸！”汤副总的气不打一处来，“我最见不得这种东西，什么玩意儿，反正跟他只是一锤子买卖，打死我都不会给他送。”

“可不嘛，不蒸包子（蒸）争口气，所以就结下梁子了。”

工程总监撇了撇嘴，“你看，这不又犯在他手上了——这下怎么弄？”

闷在一旁的成本总监开了口：“做生意嘛，何苦怄气？又不是跟钱有仇。”

“好了。”汤副总听烦了，一抬手制止住成本总监，“现在别说这些风凉话了，怎么应对，说。”大家却都默不作声。

汤副总心想，等会儿看看中午出的结果吧。虽然半中间被那家伙横插了一杠子，但述标的总体效果还是挺棒的。那段关于材料部件在工厂定制加工，严控垂直运输确保材料准时送达施工面的详细描述，明显博得了各位评委的高度关注。看得出来，他们都认为这是真正的经验之谈，确实触到了施工过程中的一大痛点。

特别是最后一条“不是总包，胜似总包”的项目管理理念，工程总监阐述得非常精辟，充分展现了圣格美装饰集团项目管理的胸襟和气度。结束语更是直白酣畅：“虽然钱是甲方花的，但装饰作品是我乙方的。我们必须为自己负责，为自己负责就是为项目负责。”说得好！现场强烈地感觉到各位评委很满意的神态。

如果技术标顺利过关，就能进到下午的商务标环节，那我们再好好商议一下。实在不行，索性给他来个全额垫资，血拼到底！

话是这么说，可汤副总心里明白，商务决策不是儿戏，哪能意气用事。越在火头上，越要冷处理，越不要仓促决策。

“好吧。”见大伙儿还是不作声，汤副总有点怏怏然，“静观其变吧。咦？”他突然一扭头，“廖绅呢？”

“该是去洗手间了吧。”工程总监回答。

……

这阵儿，廖绅正在洗手间。他不是在解手，而是紧闭隔门坐在马桶盖上偷偷给邵工发微信：“邵工，情况看来很复杂，这个评标专家组组长是前年套着我们垫资施工的那家酒店老总，公然对我们持有偏见。请抽空转告若谷。”

他知道这么一条微信通过邵工转给若谷，再转到万泮手上，除了给老板徒增烦恼之外，对他调整投标策略起不到丝毫作用。万泮不知道能怎样，知道了又能怎样？还不是只能面对现实？只不过是他廖绅自己不吐不快而已。

廖绅默默地返回候场长廊，悄悄坐回到自己人身边，装作没事一样。时间眼看着接近中午了。

……

总裁办公室里，万泮正一边在地上转圈一边在和冉生通电话。听着电话里的声音，冉生好像很有兴致。

果然，还是昨晚的话题，听到冉生很高的嗓门说：“没问题啦——垫资的事就包在我身上啦，哈哈哈。”

“那可就谢谢你啦冉生，谢谢你关键时刻慷慨解囊。”

万泮突然又说明了一句：“我们这可不是垫资施工啊，我们这是必要的生产流动资金投入。明白吧？”

听着万泮诚恳地自圆其说，冉生也装出礼尚往来的明白人姿态：“哈哈哈，明白明白。那就更不需要谢啦，一家人说什么两家话呀，这是我这个合伙人应该做的嘛。”

“好吧，可现在要很明确，冉生你总共能垫多少钱呢？”万泮的意思，是要把具体的垫资总数额说好了，还要根据施工进度，每个月按照资金需求准时支付。

“这么说吧冉生，我的打算是施工工期的前一半都由我们来垫资，等工期过半，工程进度过半，我们再开始向甲方收取进度款。这样行吗？”

冉生那边盘算了一下，很痛快地说："哦，您很有魄力呀，哈哈哈。"听到他在那头把胸脯拍得啪啪响，"不就是中标总金额的百分之四十到百分之五十的样子吗？放心啦，包在我身上啦，我会安排好的。"

"好，一言为定。"万汼摁了手机，坐回到沙发上。

他端起大茶杯，盯着漂在杯中的几片茶叶，静静地思忖：商海搏击呀，可不像这杯中扁舟，风平浪静——你们不是要拼价格战吗？不是要拼垫资吗？我倒要看看你们究竟能垫到什么程度。嘿嘿，老天爷让你灭亡，必先令你疯狂。

他心里指的"你们""你"，正是他心里已经锁定了的竞争对手。他的眼角抖动了一下，他相信：刚才给冉生露出的底牌，应该很快就会传到某些人耳朵里了。

03-39

圣格美集团办公楼响起了音乐声，这是中午下班开始午餐的呼号，员工们陆陆续续往一层餐厅走去。

公司午餐是两荤一素，三菜一汤，米饭管饱。

“天下没有免费午餐”，可圣格美公司的员工们很开心，他们的午餐居然是免费的。吃得卫生，吃得健康，还节约时间，能在繁忙工作中得到短暂午休，养精蓄锐，以便下午加倍努力工作。

从这个意义上讲，这份午餐类似集体赋能，也不能完全算是免费的了。

独自躲在餐厅一角埋头用餐的陈工神情有点沮丧。上午处理完牛二班组劳务费的问题后，他本想直接返回项目工地，可又听了若谷的劝慰，说项目离公司太远，这个钟点回去就误了午饭时间了，不如在公司吃过午饭后再回。也好，这样还不耽误下午在项目上的工作。想着，就留了下来。

可刚刚端着餐盘找空位的时候，恰巧和进了餐厅的万泮撞个正着。瞟见万泮阴沉的脸，陈工心里又悸动了起来。他好像觉着万泮狠狠瞪了他一眼似的，不知是心理反应还是确实被瞪，反正吓得他要死。

他突然想起今天一大早天还没亮的时候，阎正给他发来的微信——幸亏没有应承他。上次因为山寨墙纸的事被公司调查后，虽然没有受到公司处理，但他收过阎正的返点，心里有鬼，压力始终没有消除，提心吊胆地总觉得没被阎正害死算是万幸！上午刚刚才过了一关，如果阎正撺掇他参与今天酒店围标的事万一泄露，岂不给自己酿成大祸。

陈工越想越怕，这白吃的午饭味同嚼蜡，一点儿心思都没了。他胡乱扒拉两口，抹抹嘴就上楼去了若谷的办公室。

若谷刚刚准备午休，被敲门进来的陈工拦住了。

"怎么，还没回去？"若谷疑惑他还有什么事吧？

陈工心里剧烈冲撞着，到了嘴边的话不知从何说起。

看他这副惶惶然不可终日的模样，若谷陪他坐在桌边，随手闭上办公室的门，轻声安抚道："天又塌不下来，至于嘛，这么个难受劲儿！啥事说说，我看怎么帮你吧。"

陈工又挣扎了一番，终于打开手机，把阎正微信发给他的酒店招标材料价格表照片调出来，递给了若谷。

"这是什么？"若谷一头雾水，看不出来其中奥秘。

"这个——"陈工不敢对视若谷，低着头嗫嚅着，"就是今天正在招投标的这个五星级酒店的主要材料价格表。"

"啊！"若谷大吃一惊："你这是哪来的？"

她又把手机拿近了一点，仔细翻着再看看一连串的照片，又追问了陈工一句："你怎么能有这些材料信息，谁给你的，到底是怎么回事？"

陈工的头继续埋着，嘴里低声说道："就是那个阎正，今天早晨天还没亮，大概才凌晨五点多钟吧，就给我发来这些照片了。"说着，就一五一十地把阎正配合别人要在这个酒店搞围标的事，讲给了若谷。

“是他亲口跟我说的。”陈工把手机取过来，让若谷看了看阎正发给他的微信内容。

若谷听着满心疑惑：“他又是哪里来的这些报表？他干吗找你呢？”话一出口就反应了过来：怎么会不找他呢，以前不就是找他搞名堂嘛！

事到如今，陈工还是坦诚地告诉若谷：“谁给他的这些个材料价格表我真的不知道，不骗你。他就是想让我提前跟各种材料供应商联络好嘛。如果他们围标成功，那就会让我把有关的材料供应商资源提供给他们。”

嗯，这个阎正，心够大的。若谷抬起头来，正眼看着陈工：“那你知道他配合哪家公司搞围标吗？”

“这个我还真不知道。”陈工说的是老实话。

“嗯，好吧。”若谷略一沉思，靠近陈工，很认真地说，“陈工啊，坦率地讲，上次那个山寨墙纸的事，我们一直到今天都还没有向老板汇报过。”

看见陈工脸一红，她担心陈工会以为她拽着别人的小“辫子”不放手，这样做人，岂不是太不厚道。于是她更加推心置腹：“大家是同事，我们当然体谅职场的不容易，绝对不想因为这个一时糊涂的事，给你造成负面影响，甚至伤害。”

陈工满脸羞愧，低着头嘟囔着：“我，我真不知该怎么感谢你……和那几位同事。”

“这还是其次，主要的考虑是因为背后有冉太，我们不敢捅破这层窗户纸。如果这事影响了两位老板的关系，这对公司来讲，负面影响可就大了，这才是我们的顾虑！”

陈工还想说什么，但他脑子里乱哄哄的，满脸的尴尬。

“这样吧陈工，把那几张照片和阎正给你的微信内容转给我，你先回去项目吧，工地上离不了人。”

陈工现在很理性，他明白这是一定要配合做的工作。

送出了陈工，若谷立即朝万泮办公室走去，她知道今天老板是不可能午休的。

嗒嗒嗒……

听到里面有很高的说话声，若谷不等万泮应答，就直接推开了门。

“好啊，好啊。”万泮站在办公室中间，手机贴在耳边，泰然自若，语气里满满的全是自信：“第一关顺利闯过，这我们是胸有成竹的。”

对方又在说什么，万泮突然反问："咦，你怎么能有机会给我直接打电话？"

对方声音很低："您别问这个，回去再向您汇报。我们马上要准备商务标的事，就要开始了，我这就挂电话啦。"

噢，听出来是廖绅——若谷也感觉十分意外。

"来来来……"

看着自己的老板开心地招呼自己进来，若谷就知道上午的技术标一定是拿了高分，顺利入围下半场了。可她还是明知故问地望着老板笑笑："怎么样，老板。"

"呵呵呵，技术标第一名，就看下午的了。"

万泮说完一声感慨，长长地吐出一口气："哎呀，过关是开心的，前进是痛苦的，下午这个仗可不好打呀。"他的脸上神情复杂，开心可又弥漫着茫然，纠结却又充满了期待。

若谷看着，她心里明白老板说的话是什么意思。她现在已经深切见识到了市场竞争的激烈，甚至残酷！

若谷走近她的老板，打开手机展示在万泮面前："老板您看，他们一直在谋划着围标。"

万泮看着若谷，面无表情。若谷心里掠过一丝不解，她本来以为老板会震怒，难道他没听明白？她知道，她了解到的这个信息，必须第一时间汇报给老板。商场如战场，商情信息，对于一个商场“指挥官”来讲必须及时准确，这是企业生死攸关的大事。

她又强调了一遍：“这是刚才从陈工那儿了解到的。”

万泮接过来她的手机，慢慢翻看着。他的眼光聚焦在材料价格表的一排排数据上，翻来覆去看了几遍。他注意到发给陈工材料价格表照片的，是一个陌生人的名字。

万泮把手机还给若谷，坐到了沙发上，仰起头望望天花板，然后看着若谷说：“廖绅，这个廖绅呀，料事如神。”说完，呵呵呵一阵由衷的笑。

若谷蒙了，怎么突然扯到了廖绅的头上？

“这小伙子呀，感觉敏锐，警惕性高！”万泮又表扬了廖绅一句。他转头看向若谷，“你忘了？昨天下午我们开会时，廖绅提到投标酒店主要材料的询价问题，怎么说的？”他向若谷点一下头，接着说，“后来，你又是怎么跟我汇报的？”

若谷明白了，她会心一笑，抿着嘴没作声。又听见她的老板像是自言自语地说：“这种时候，会在这些材料上动心思打主意的，除了那俩公婆，还会有谁。”

若谷清楚，她知道她老板说的那“俩公婆”所指是谁，她和老板心照不宣而已。

“唉——江湖险恶，交友务慎呀！”万汼多多少少带了一点儿自责。他不会也不愿意在自己的下属面前，过分地唠叨这类事。他把话题转过来问若谷，“那个给陈工发照片的人，你了解到是个什么情况吗？”

若谷答道：“老板，我就是来跟您汇报这事的。”她往万汼身边靠了靠，指着手机上的材料价格表照片说，“这个跟陈工联系的人，是个装饰材料供应商，也做代工，时不时地顺便生产点山寨货。名字叫阎正。”

万汼静静地听着，若谷接着说：“去年那个酒店工地上出了问题的墙纸，就是这个姓阎的用山寨版偷换了名牌正品。”

“嗯？”万汼一下睁圆了眼睛，“你们调查清楚了吗？”

“是的，事发第二天我和工程总监成本总监几位一起去的他那儿，当面做了调查，也留了必要的证据。”

“那——那怎么没及时向我汇报？”

若谷头一低，脸有点微红，她看了万汼一眼，弱弱地说：“是我不对。因为，当时我们了解到，阎正的墙纸并不是直接供给我们公司的，而是由我们公司供应商库里的材料供应公司从他那儿采购，然后再供给我们项目上的。”

“这很正常呀，这有啥不能给我汇报的？”万泮有点不悦。

若谷镇定了一下自己，看着她的老板，说：“那个材料供应公司的实际老板，是冉太。”

虽然若谷有了思想准备，但是万泮“呼”地一声猛地从沙发上站立起来，还是把她吓了一跳。只见万泮的嘴角抽了抽，喉结上下滚动了两下，啥都没说，又“呼”地一下坐回到沙发上，鼻翼一翕一翕的，呼着粗气。

“老板，当时也是慎重起见……”若谷尽量柔声柔气地说，“因为我们几个都拿捏不准，担心这事万一影响了您和冉生两位老板之间的关系呢，所以就没敢贸然向您汇报。”

若谷恳切的叙说，平抑了万泮躁怒的心情。

若谷望着万泮，再次表达着心里的不安：“是的，这事我处理得确实有失妥当。我想——”她等着万泮的反应——

万泮没明白若谷的意思，准确地说，是他没明白若谷想什么。他看着若谷……

见她的老板不置可否，若谷就说：“我想，当着您的面，我给阎正通个电话。”

见万汫点了点头，若谷点开免提，拨通了对方的电话。

03-40

万泮终于明白了这件事的来龙去脉。

刚才若谷在给阎正的电话里，讲得非常有策略："阎老板呀，你配合别人在今天这个招标酒店上搞围标的事，我可是都知道啦。"万泮能猜到，对方听了一定吓一跳。

若谷没容阎正狡辩，就接着表达自己的意图："我希望你告诉我，你手上的那些酒店主要材料价格表，是谁给你的？"

"我，这……"

"你别打哈哈，我也没工夫听。你去年搞的那批山寨墙纸弄出来的严重质量问题，我们在公司内部做了证据保全，现在还在诉讼时效内，你明白这意思吧？”

对方还想嗫嚅，若谷打断他，直接摆明自己的姿态：“我们之所以至今没追究你涉嫌商业欺诈的法律责任，是期望你在接下来的工作中积极配合我们，悔过自新。这样，我们以后还能有生意做，不然的话——”若谷咽下了后半句。

“好说，好说。”阎正是个小生意人，怎么会自断财路呢？这个节骨眼上，钱和女人，孰轻孰重？他马上在两者之间，做出了本能的选择，“若谷总您别着急，您听我说啊——”

电话里，他顿时变得跟若谷像是一家人似的，用一种设身处地为自家人利益着想的语气，毫不扭捏地把冼贝给卖了：“是冼贝小姐昨天晚上转来的这些材料价格表……”而且，冼贝还透露给他，冉生在亲自策划围标的事。

若谷在手机上全程录了音。

万泮从沙发上站起来，走回到写字台前，端起大茶杯“咕嘟”一大口，抹了抹嘴。他心里更加坚定了自己已经下定决心了的商务标既定投标方案。

……

述标厅里，在二十家装饰公司一上午的紧张较量后，按照本次招投标规则，只有五家公司脱颖而出，幸运地进入商务标竞争阶段。

可是，每个“幸运者”的脸上，都笼罩着一层凝重的薄纱。大家心里都清楚，对商务标而言，虽然本身的技术含量非常之高，但实际上，类似于今天这样的招投标规则，导向性是很强的。其实比拼到最后，就是一个数：投标总报价。说白了，折腾来折腾去，最终还是价格战。

拓钺带着他的投标团队，堂而皇之地坐在述标长桌这一侧的中间，脸上堆满了踌躇满志。

刚才，在短暂的午餐时间里，拓钺好像是又把自己拾掇了一番：脑门上少了点油腻，后脑勺的小鬏鬏重新扎得靠上了点儿，一副昂扬姿态，似乎平添了几分斗志。他斜视了两旁其他公司的投标团队一眼，鼻子里轻轻地“哼”了一声。

昨晚在下榻的酒店房间里，拓钺分别给三家配合他围标的公司老总打完电话后，心里有点飘飘然，撂下手机“嗨嗨”一阵干笑，返回来跟他哥说：“老子这回是裤裆窝子里掏小鸟——手到擒来，哈哈哈……”说完，见他哥一脸的厌烦，急忙又改口说，“嗨嗨，咱明天一定是稳操胜券啦，呵呵。”

拓箜君斜倚在沙发上，面无表情地嘟囔了一句：“凡事预则立，不预则废。”见他弟弟一脸茫然，站起来挥挥手说，“谨遵古训，早点睡吧。”说完径自去了淋浴间。

拓钺回到自己房间，琢磨着他哥那几句文绉绉酸溜溜的话，虽然心有不爽，可也没辙，怎么着也是自己的亲哥嘛。

“爱咋说咋说吧，反正，真刀真枪上去拼打还得靠我。”这么一想，他心里也觉得舒坦了点，顺便来了个自嘲，“哥说得对，洗洗早点睡吧。”

不过，拓钺心里十分清楚，如果不是因为他哥早早和评标专家组长私底下捏好了套子，这个标再怎么围，想要十拿九稳地控制局面，恐怕也并非易事。他哥是个心机颇深的人，近些年来跟这个评标专家组长有过多次交往，臭味相投。他俩分别扮演着酒店精装修甲方总负责人和乙方总设计师的角色，他哥通过将部分高额收取的设计费变为给对方的利益输送，两人结成了高黏合度的利益共同体。

这次，这个利益共同体再次发挥了作用。

上午的技术标评选过程就很说明问题，大部分投标公司，不论你的业界品牌多么响亮，不管你准备得如何充分，基本上都“被”走了过场，按行话来说，就是来陪标的，短短十分钟就结束了各自的投标资格。唯独拓钺安排的两家公司和他自己的文武装饰公司，如愿以偿，顺顺利利过了关。可见，这个局面是牢牢被二人利益共同体操控着的。

可现在的拓钺，心里还是犯嘀咕。按照他哥儿俩的如意算盘，本来胃口很大，是准备找另外四家公司配合自己围标，连带他们自己，闯关技术标入围商务标的五家公司都应该是哥俩掌控的公司，这样，才能确保其他各家配合自己的文武装饰公司最终夺取标的。

结果，天算不如人算，万泮的圣格美集团不上他们的道，反而成了最为恐惧的竞争对手。

这还不算，昨晚刚刚睡下，就接到其中一家装饰公司老板的微信，措辞直白，语气诚恳：“拓钺总您好，这么晚打扰，非常抱歉，由于我公司的内部原因，不能参加明天酒店投标。祝您顺利，期望今后再次合作。”

拓钺一看就火了：“他大爷的，这是啥意思，想看我的笑话吗？龟孙子！”他恨恨地骂道，翻身起来抓着手机就想骂对方一顿！他跳下床来挠着头转了两圈，脑子里突然弹出了他哥的警示：不许鲁莽，要慎之又慎！

好吧，他喘了几口粗气，重又躺在床上，烦躁不安，心里盘算着：如果五家都是我的，那就是百分百把握。可现在，万汫要跟自己竞争，原先布局的伙伴，一家放弃，剩下两家跟自己配合，加起来只有三家了。

五家里面占三家，那不就是百分之六十的机会吗？唉——他辗转反侧，通宵不得入睡。

拓钺生性顽劣，猜疑妒忌，小肚鸡肠，还沾染了不少黑道习气。好不容易熬到窗外亮了，他实在按捺不住自己，爬出被窝就给那两家配合他围标的装饰公司老板分别打去电话：“喂，听着，今天必须按我昨晚的交底，好好配合。”

对面那两位估计还没睡醒呢，迷迷糊糊不知所云，就听电话里的拓钺又喊着：“配合不好，就放明白点，以后有你的好日子过。”

这叫什么屁话，这是合作吗？这是威胁吧，什么玩意儿才这么说话！

谁听了这混话都有可能跳起来。或许，别人也不会跟他一般见识吧，哼哼，啥叫配合不好？配合不好，以后敬而远之，不就得了。

可是，既然已经站在了今天招投标的这个“角斗场”上，给了谁也不会装尿，都想把机会变成自己的，不言放弃，万念归心：志在必得！

廖绅感觉旁边不远处拓钺扫过来的一眼斜视，他微微偏转头暗示了一下汤副总，汤副总几乎不动声色地撇了撇嘴。

他俩是最为默契的，到了这个时间点了，他们不屑于揣度对手们的心态。因为他们坚信：舍我其谁，只有他们手中，才掌握着今天的制胜法宝。

空气中隐隐约约飘着一股都市人很不熟悉的硝烟味。事实上，现在的都市人，有谁知道什么是硝烟味呢？只不过现在，述标厅里的每个人，都如临大敌一般，觉得胸腔里似乎有一团燥火向外燃烧，嗓子冒烟，口干舌燥。有人咽着口水，有人面色潮红，有人目光如炬。那些呛鼻子的难闻味道，正是这群短兵相接的斗士们在徒手厮杀前，体内急剧分泌出来的浓烈的荷尔蒙气息。这种刺鼻气味，只有在人们精神处于极度紧张、兴奋，或者面临无以名状的危机焦灼之时，动物性的本能才会自然释放出的一种野性能量。

这种野性能量，也许是最原始的“丛林法则”在信息化时代的沉渣泛起，传导着不言而喻的强烈信息，在所有人中间快速对流，弥漫——鹿死谁手，智勇当强！

……

终于，评标专家组出现了。

述标厅里顿时一片肃静，所有人的脖子抻了起来，目光“唰”一下聚焦在了评标专家组组长身上。

“现在我宣布——”专家组长正襟危坐，眼睛迅速横扫了一遍桌子对面的投标人员，又落回在手中的稿纸上。他尽力把嗓音调校成央视播音员的标准发音，“经过评标专家组集体认真审核，本次入围的五份商务标书，符合本项目招标文件规定的编制标准，属于有效标书。”

他又抬头看看对面，脸色凝峻，再度调校了嗓音，一板一眼地说：“根据本次招投标规则的规定，现在，不具名公布五份商务标书各自的报价总金额，按报价高低排序如下——”

投影屏幕上，依次显示出五个报价总金额。

报价最高的一份，总金额大约高出标底价百分之十以上；

报价次高的一份，比第一名略低一点儿。

另有两份报价，总金额比较接近，都比标底价低了百分之五左右。

最低的一份报价，直接比标底价低了将近百分之十！

五家入围公司的投标人员，只知道哪份报价是自己公司的。接下来，还有一次修正报价的机会。

修正报价要以第一次五份报价中的最低报价为参照，以此为基础可以上下浮动；而且，还要附带一些关于工程款付款方式的竞争条件。各家修正后的报价再按高低排序，谁家的报价是次低价也就是倒数第二名，谁家对甲方支付工程款的要求更低，谁家就是最后的中标者。

“现在，请各家公司分头讨论你们的修正方案，十五分钟后回来这里，正式开标。”麦克风里传来专家组长的通知声。

墙上时钟准准地指在下午两点整。

这是至关重要的最后关头，最终报价怎么修正，要求工程款怎么支付，向甲方列举怎样的优惠条件，这既是公司实力的比拼，更是商业权谋的较量。

03-41

若谷的手机“嘟嘟……嘟嘟”急促地振动了起来，她直觉猜到是邵工发来的微信，急忙拿着手机跑向总裁办公室。

果然，透过手机屏上的微信内容，就能感觉出来，邵工真的很急促，连称呼都省略了：“你们首轮报价位居第二，很好，对下一步很有利。但感觉其他四家好像是组合，有一点围标的嫌疑，高的很高，低的很低，中间的利润率大致在百分之五左右。更为要命的是，已看到其中三家的投标文件中都承诺了垫资，这个对你们威胁很大。”

万泋看着若谷手机上的微信，眼角的皱褶里现出一丝冷笑：

“果不其然呀！”

他对若谷说：“你去忙吧，我和廖绅有新的微信通道。”

若谷一脸惊愕，赶紧退出了总裁办公室。

万泮立即拿起手机，快速地给廖绅发出了他对商务标既定的最终报价方案和竞争策略。

同时，他又发出一条微信，期望自己不向行业歪风邪气屈服的气概和决心，能获得更有效的支持：“梁处，我已得到有人围标的真凭实据，请您慎酌。”

……

拓箜君把他的宽框琥珀眼镜推上脑门，耳机里似乎隐隐约约地正播着一首非常古老的箜弹拨曲，嘈嘈切切，忧郁而缠绵。他后仰着靠在椅背上，一副闭目养神的模样。

他确实觉得有些疲倦，从昨天下午到现在，一直都在为这个五星级酒店招投标的事，以装饰总设计师的身份，担任着评标专家组技术顾问的职务，配合招标委员会忙碌着，没一丁点儿喘息时间。

唉，既要堂而皇之地扮演好顾问角色，又想暗中渔利，把这个装修活儿抢到自己囊中，还得不显山不露水，这得多难呀！

明修栈道，暗度陈仓，费尽心机方能得逞，这种事，只能靠自己隐秘操作了。

本想着利用中午这短短的十来分钟时间听着音乐稍微休息片刻，结果冉生不识趣，又悄悄来了电话，无非还是他那老一套：“放心啦，保证帮你全额垫资。”

他这是再次提醒：一定要全额垫资。

这个冉生！拓篓君想到他就有点烦。对钱财的追逐，冉生已经不像是一般正常的商人境界了，完全成了钱财的奴仆！拓篓君对他是爱不得，也烦不得。

人，要是只为钱财活着，还有啥意义！

当然，大话可以这样吹。可检讨一下自己，不也快成这副德行了吗？想想二十多年前那个年轻俊朗的拓篓建筑师，风华正茂，意气风发，对事业痴迷热爱，对生活充满憧憬……

可眼前的自己——呵呵，拓篓君摇摇头：唉，今非昔比，不堪回首呀。生活这股长流，不见得磨平谁的棱角，但肯定会浸染你的灵魂。

不想这么多了，反正，今天一大早冼贝小姐就专门过来，把这个酒店的主要材料价格向拓钺当面交了底。再过几分钟就要二次报价开始决标了。起来——先去解个手吧。

拓钺他们心有底数，会有针对性地做好准备的，虽不能说稳操胜券，但信心绝对足够。

拓筌君起身朝洗手间走去。

……

午后的阳光从天上直射下来，这是一天当中最热的时候。昨晚的春雨浸透了都市，地面湿气蒸腾，楼宇玻璃幕墙光影折射，整个空气中闪烁着跃动的幻影。

万泮打开了办公室所有的玻璃窗，他凭窗而立，眼睛眯成一条细缝，滑过窗外翠嫩欲滴的树冠新芽，凝视着远处错落有致的都市天际线。

矗立的高楼间隙里形成的都市气流，乘着东南风夹带着鹏湾市特有的温润味道，在半空中随性穿行着，穿过大道，穿过公园，穿过广场，穿过敞开的窗户，直扑万泮而来。

他很享受这种扑面而来的熟悉味道。这种味道是幽郁的花木芬芳，但又掺杂着特别微妙的、极少有人意识到的——建筑装修味儿。这种说不清道不明的建筑装修味儿，是他心中的味道，只要闻到这个味儿，他就能真切地觉察到自己在这个都市里的真实存在感。

是啊，自从有了鹏湾市的存在，就有了建筑装饰行业的存在，同时也就有了他万泮的存在。

鹏湾市，是中国建筑装饰行业的起源地；鹏湾市，也是他万泮投身装饰事业的出发地。

早先，曾经有来访客户试探着问他："你们圣格美集团在鹏湾市做过哪几个五星级酒店精装修？"

他没有掩饰心中的自豪，甚至还有一点儿炫耀："呵呵，你们从机场进来市区以后，这一路看到的每一座五星级酒店里面，都有我们的作品。"他朝客户们笑笑，"不瞒大家说，都是精品，不少都获过鲁班奖，获过国家装饰工程奖呢！"

此话不假，最多含有一分骄傲。那个初创年代，建筑装饰装修行业方兴未艾，如火如荼。可专业技术人员匮乏，专业机构稀缺，市场在服务商手里，正是所谓乙方市场。圣格美生逢其时，占了先机，成了时代弄潮儿，乘风破浪，苦心打拼，业绩卓然。遍地高楼大厦里，处处浸透着他的心血，幢幢镶嵌着他的荣耀。

那段岁月，万泮胸中满怀着淳朴理想：

做好一个项目，结交一位朋友。

追求一次卓越，留下一段传说。

那叫个意气风发呀！

机遇是历史赋予的，辉煌是自己创造的。那正是一个创造历史的时代，万泮不敢丝毫怠惰，激情澎湃，庆幸自己的那点儿所学所长，遇到了千载难逢的大展身手之机。

历史是人们创造的，可历史的诡谲，往往出乎人们意料之外。尤其是从长期沉寂的产品经济社会，猛然以暴风骤雨之势，一夜之间变了脸，幻化成了疯狂活跃的商品经济社会。这个剧烈的变革过程，把传统的意识、观念、价值、准则……瞬间击毁，又魔幻般重构。商品经济空前膨胀，催生了前无古人而又荒诞怪异的新的商业文明。

现在的万泮，内心十分感慨，也充满着迷茫。

但他毕竟是亲历者，是过来人。他对眼下的一切，深表理解，他知道商业活动的无情和惨烈。作为一种文明，商业文明延绵千百年，不断地推陈出新，时至今日应该是当今之世最为精彩也最为高端的一类社会文化。只不过，人们必须悲哀地承认，商业文明事实上，也身不由己地成了“钩心斗角”“尔虞我诈”“见利忘义”这些寄生毒菌的天然宿主。

他清楚记得，有一位前辈曾经跟他讲过：

商业文明的每一次升级换代，只不过是资源占有者的新一轮署名；每一次商业文明奏响凯歌之时，胜利的声浪后面都掩藏着野蛮的阴笑。

那么，说好的恪守初心呢?

万汼伫立窗前，他知道，今天的他，正是在为初心而战。

……

“大家请安静——”

述标厅里又响起了招标主持人的声音。全场顿时鸦雀无声，所有目光又都齐刷刷地聚在了投影幕上。

“现在，五份修正报价已全部按时报出，经评标专家组评审，均为有效报价。我代表评标专家组宣布：开标！”

话音一落，投影幕上闪过一道亮光，五份投标报价和主要竞争条件由高向低依次列了出来。

鹏湾市圣格美装饰集团修正报价为次高价，排名第二。

京华文武装饰公司修正报价为次低价，排名倒数第二。

述标厅里持续了几秒钟的静默，静得令人窒息，只能听到投影机里极其微弱的“嘶嘶……”的电流声。

突然，拓钺“呼”一下站了起来，双臂高举，大声喊着：“中啦，我们中标啦！”

他身边的团队成员立马也一起站了起来，像触电一样极度兴奋，哇啦哇啦跟着大喊：“哦……我们中啦！哦……”

一些人面无表情，呆呆坐着不动。另有几位，脸上堆起礼节性的浅笑，像是在对中标者表示祝贺。

也已经有人慢慢站起来，互相致意，招手，并不在意评审委员会还未宣布最终评标结果，就准备着陆续离开会场。

忽然，坐在监察席位的邵工站了起来，拿起麦克风说道：“大家请注意，请回原位就座，我代表监察小组讲几句话。”

所有的脑袋都扭了回来，大家怔怔地立在原地，将目光投向邵工，不知将要发生什么。

评标专家组组长更是显得莫名其妙：

“怎么回事，啥意思？”

邵工摆摆手示意他坐下：“大家请听着，根据现在各家的报价，比照本项目的标底，我们监察小组认为，第三、四、五名的报价，已经明显低于本项目成本价，应属于无效报价。”

“啊？”全场一片哗然。

“什么？”拓钺一听急了，一个箭步冲到邵工面前，隔着桌子指着邵工鼻子大喊大叫，“凭什么说我们无效，你要干什么？”他的拳头甚至都伸到了邵工脸前。

专家组长也把嘴巴凑到麦克风上，他慌了神，不知该怎样继续讨论这个事，全然不顾场合，也跟着大声喊着：“谁说无效啦，招标文件里哪条规定不能报低价啦？”

眼看着会场秩序有点混乱，立即进来几位安保人员，快要失控的局面很快恢复了安静。

邵工坐了下来，镇定自若，对着麦克风说道：“天下有做亏本生意的吗？有没有？”他扫了一眼拓钺，面对众人说，“这座五星级酒店，是鹏湾市的新地标，是我们这座新兴城市的新窗口，我们必须保证它的装修品质！明显低于成本价的标书，我们是不能认可的！”

“我赞同！”

圣格美集团的汤副总实在憋不住了，高声喊道：“低于成本价来投标，完全是搞非正常竞争，是扰乱市场！”

他不等拓钺反驳，指着投影幕上各家的竞争条件，气愤地喊着：“再说，居然有三家公司承诺全程垫资，完全是故意扰乱市场！”

“你，你说谁扰乱市场？”拓钺跳了起来，气急败坏。

“说的就是你！”汤副总义正词严，一双怒目直视拓钺，手指投影屏幕，“看看你们这些竞争条件，全程垫资还嫌不够过分，还要在建成投入使用一年后才开始结算，这完全超出了招标文件的规定，完全扭曲了招标文件的精神，完全置国家三令五申严禁搞垫资工程的政策法规于不顾，这难道不是故意吗？何止是故意，简直就是恶意竞争！”

“大家看看我们，我们就坚决不垫资！”他把胸脯拍得啪啪响，说着又转向廖绅，“把这个拍下来，我们现在就可以据此为证，向招标委员会投诉他们！”

……

当当当，墙上挂钟响了三下，指针正正地指在三点整。伫立在窗前的万浒，已经知道了述标厅里发生的恶战。

终于，这场恶战是以“流标”（流标：指工程招投标中合格投标人不足三人，且所有投标人的投标文件都没有达到招标文件要求而导致招标失败）这个特殊形式偃旗息鼓了——这，应该是这个回合的最佳结局。

万浒那双凸着青筋的大手叉在腰间，他相信：

公平正义，不会偏离轨道；机会，还在自己手里。

……

“好了，早点回家吧，明天咱再出发。”

听到身后轻柔的声音，万浒回过头来——噢，一只拉杆行李箱放在办公室门口，身旁，是他的老蜜。

窗外，湛蓝的天空没有一丝云彩，透明，深邃，旷远，自由放飞，随心翱翔。

暖风摇曳着枝头新叶，绿影婆娑，映在窗上犹如一双双纤手，上下翻飞，织锦抒情——为万浒这班都市工匠，为他们的匠心，匠意，和他们内心一直都在的向往……

后　话

廖绅利用中午短暂的休息时间，在微信上紧急和邵工做了秘密沟通，表达了圣格美集团的担忧和诉求：如果有两家以上出现超出标底成本的异常超低报价和大幅度垫资，就涉嫌违规，应严肃处理，决不姑息。

结果，果真出现了这种情况。邵工代表监察小组提出异议，招标委员会紧急商议，三家涉嫌违规，剩下两家，不够参加招投标的法定基本数，因而导致流标。公证员当场做了公证手续。

宣布流标后不久，当天下午，万汫的圣格美装饰集团收到了一份国家级重要政务建筑精装修邀请招标函，是经汪纬教授推荐他们参加的。

这，也就是他明天又要再出发的理由。

天空没有翅膀的痕迹，但我已然飞过……

泰戈尔——《飞鸟集》

后　记

首先，要向深圳市装饰行业协会会长高刚教授表达深深的谢意，感谢他的真诚鼓励，和为我的初作写序。他说得非常对：中国装饰行业诞生、发展四十年来，创造了无数精品工程，竖起了座座装饰丰碑，发展成长过程中也自然地积淀了丰厚产业文化。

但一直以来却鲜有文学作品对这个庞大的传统行业进行全景式的，抑或是掀开某一层面，哪怕是撷取一小片段来艺术地描绘和宣扬其产业风貌和秉性。

这一直是个缺憾。

我从 20 世纪 80 年代后期来到深圳这片热土。在从事建筑设计的过程中，被汹涌而来的建设狂潮卷进了刚刚出现的装饰设计和装修施工项目中。当时，装饰装修，只是建筑工程里的一个行当，根本还没形成行业。可谁也未曾料到，转瞬之间，这个貌似很低端的、很传统的、手工作坊似的行当，变成了每年数万亿产能、容纳万千就业岗位的“巨无霸”行业。

就我而言，入了这个行当完全是种顺势而为。虽然是个设计师，可并没有刻意去设计自己的人生。但对于装饰装修工程的施工从业人员，却几乎百分之百是特意冲着这个行当来的。因为，这是个“传统行业”，发展之初技术含量低，入行门槛低，当然，薪酬也低。所以，冲这个行当来的，也就是想来吃这碗饭的，几乎清一色都是大家后来非常熟悉的——农民工。

后来，建筑装饰越来越引人关注。当一座座崭新城市像雨后春笋般在神州大地耸立起来的时候，当一个个都市家庭乔迁靓丽新居的时候，人们把做装饰装修的农民工，称赞为建筑美容师。的确，装饰装修，用普通人的眼光看来，就是在为建筑梳妆打扮。但，在当初那一辈的农民工心里，他们清楚，自己没受过多少教育，没有高学历，甚至没有经过必要的职业培训，他们涌进这偌大的都市，涌进这个行当，只是为了谋生，这是他们养家糊口的饭碗。

四十年了，城市都建成了一二三四……五线，都市圈也建成了好几个。装饰行业与时俱进愈发庞大，更加成为提供巨量就业岗位的一大领域，养活的是社会底层的一群老百姓。百姓安稳，社会就安稳。社会安稳，百姓就幸福。同时，装饰行业仍然是最为贴近民生的一大板块，城乡广袤，几乎没听说过有谁还没有和装修打过交道。冲着这点，从业者是不是应该关注一下自己？尤其是，我们搭乘时代快车风驰电掣几十年，除了感恩这个时代，该不该适当松松“电门”，放缓步履，回眸望望来时路，牵引回来被自己抛在身后的灵魂，梳理一下深刻在脑海里的沿途风景，尝试着为这个行业，为这群从业人员，渲染几幅带有个性的画页？我觉得心中一直有这个愿望。不如此，唯恐又是一个缺憾。

萌生这个愿望，也是因为我退休后，实现这个小小愿望有了时间保障。

当然更因为，装饰行业，虽然不是朝阳产业，但也绝不是夕阳产业，在可预期的未来，她一定是常青的，值得关注。

尤其是，装饰行业正是萌生在深圳！在深圳这个朝气蓬勃创意无限敢于为先的前沿城市，装饰装修，这个传统得不能再传统的行业，也正在迅速地被科技赋能，越来越朝着一个现代化数字化新型制造业转型迭变。这儿，是我入行近四十年来摸爬滚打的职场所在地，一直到我六十五岁淡出职场。所以，《投标》的场景基本是以我熟悉的深圳城市环境为作品的天幕，我这个资深从业者，在这个行业发生地，采集行业片片花瓣，和着自己的些许感悟酿成初作，奉献于此。

一个工程技术人员摆弄文字，其中之甘苦只有自己知晓，而且作品定会显得粗糙不堪。多亏了大家的体谅、理解、鼓励，更有物质层面的支持，我才鼓足勇气走了过来。为此，谨向职场中并肩挥汗的同事，向曾经齐心拼搏的团队，向亦师亦友的身边诸君，致以诚挚谢意！也向每一位读者表达由衷的爱！

于有为

2022年6月16日　深圳